U0576629

OPEN
风 度 阅 读
书 传 递 灵 魂

谁是美食家

徐城北 著

中华书局

图书在版编目(CIP)数据

谁是美食家/徐城北著.—北京:中华书局,2013.7
ISBN 978 - 7 - 101 - 09270 - 7

Ⅰ.谁…　Ⅱ.徐…　Ⅲ.随笔 - 作品集 - 中国 - 当代
Ⅳ.I267.1

中国版本图书馆 CIP 数据核字(2013)第 064243 号

书　　名	谁是美食家
著　　者	徐城北
责任编辑	朱　玲
出版发行	中华书局
	(北京市丰台区太平桥西里 38 号　100073)
	http://www.zhbc.com.cn
	E-mail:zhbc@ zhbc.com.cn
印　　刷	北京市白帆印务有限公司
版　　次	2013 年 7 月北京第 1 版
	2013 年 7 月北京第 1 次印刷
规　　格	开本/880×1230 毫米　1/32
	印张 5⅛　插页 2　字数 100 千字
印　　数	1 - 7000 册
国际书号	ISBN 978 - 7 - 101 - 09270 - 7
定　　价	24.00 元

目　录

自　序

　　大约十年前，我参与了很多的电视节目，说京剧，说民俗，还捎带着说一说京城的老字号，播出基本都在央视。

　　参与电视节目多了，就对写书有些放松。在电视上"说"相较于写书来说，挣钱容易多了，因此写书的积极性不能不受影响。不过对于长期陷在写作圈子里的我，陡然有了许多上电视的机会，心里还是很高兴的。

　　一天，青岛电视台"满汉全席"栏目的剧务打电话来，邀请我参加他们栏目的摄制。这个栏目是青岛电视台创立的，打出品牌之后，央视找上门来表示希望投一些钱双方合办，每期节目要用央视的主持人并且在青岛与北京同步播出，青岛电视台同意了，邀请我参加录制的这一期"海鲜菜肴比赛"的节目正是双方合作的。

　　青岛靠海，海中出产海鲜，所以山东、辽宁一带的厨师都比较擅长海鲜菜，创新也往往表现在这上头。我祖籍山东，所关注的北京各大老字号餐厅也多是传统鲁菜，因此对鲁菜与齐鲁文化有些心得，栏目组希望我在节目中能够把鲁菜融进齐鲁文化中去谈，以赢得观众喜爱。

最后剧务说，"我们经费有限，这次只能给您三千块钱劳务。"三千就不少，我很知足，特别是去青岛，我有老同学在那里，三十年没见面了，这次能借录制节目之便叙一下同学时的旧情，再跑两三个景点，即使没有钱，我也是愿意去的！

"海鲜菜肴比赛"我如期去了，参加了拍摄的全过程。一同参与录制节目的有一位文化嘉宾高先生，他是青岛电视台的台柱子；还有一位也是从北京来的王小姐，专谈各类食品的营养，他俩业务极熟；我也见缝插针，把文化上的感慨及时说出。三人通力合作，点评工作做得很"满"，他们通通录下，最后再统一剪辑。嘉宾只要说了有用的话，他们会找地方适时加入的。

摄影棚中搭的景很豪华，几个比赛用的火眼儿，火苗呼呼地往上蹿；几位大师傅连同助手在那里献艺，还有人专门为他们掐表计时，每道工序都是限时间的。等他们制作完成，礼仪小姐就端盘子到他们那里取"样儿"（当天的创新菜），然后端着盘子在音乐声中走到嘉宾席，让我们逐一品尝并打分。打分后经过汇总，最后高先生拿起一个状似圣旨的布块，当场转手交给我，由我代表诸位嘉宾当众宣布。在电视观众看来，每位嘉宾都有自己的一票，而宣布结果的首席，似乎权力更大。其实这都是假象，首席轮流当，这次是我，下次就是别人了。

大家穿的都是一律的唐装，可颜色不同，由电视台统一提供的，剧务抱来时，嘉宾上前挑选，无非是把最适合自己的那件（大小与颜色）弄到手。我参加过一两回，就穿着私人的中式上装出席，一为干净，二为合身。对电视台来说，也减少了他们服装上的压力，当然欢迎。

节目录制过程中经常会喊"停"，有些镜头需要重拍，为此连我们吃过的"参赛作品"也要重吃一遍，这真有些受不了。海鲜做成的菜对我的身体不好，医生嘱咐我不宜多吃，可是人家这期节目的主题就是海鲜菜，这让我很纠结，但在场上又不能讲。终于我在休息时找到剧务说了，他也很尴尬，两手一摊："那怎么办呢？这期的主题就是海鲜菜肴……"

比赛结束，我找到剧务认真地说："听说下回还是赛海鲜，我恐怕就来不了啦……"

剧务瞪大眼睛："您来一个半天，除了机票全包，还给您三千劳务呢！"

我也正色回答："我肾脏有病，不宜碰海鲜……"

"不过装装样子嘛。您不但是作家，还是广大观众熟悉的美食家呢！"

这是什么话？谁看见作家又兼任起美食家呢？你能说出美食家的标准么？不过在那一时期，确实有人这么称呼过我……我脑子中闪现出阵阵雷声：我难道真需要来当这个美食家么？

我总觉得，美食家不是什么好的称呼。一个正经的职业人，包括正直的文化人，他得有自己正经的职业与建树；除此之外，如果他经常与企业界与文化界朋友一道吃饭的话，朋友可以玩笑着称呼他"也是位美食家"。当然，说话时那个"也"字不能含糊其辞，要非常认真"念"出来的。

"美食家"，无非两种意思：一是你的确吃过一些好菜肴，二是你比较懂菜肴不同一般的道理，其他再无别的含义。

尽管我近十多年参与许多有关京城老字号餐厅的工作，其中也包含着即兴的吃喝，但我心底则很厌烦这个"美食家"的称谓。人活在世界上，必须有自己的职业，甚至应该以专业的态度去苛求本职工作上的成绩。如果你在饮食公司工作，人家称呼你"美食家"，那是说你专业上有成就。可如果像我这样，本来是个搞戏曲研究的，如果专业上不出头，而"美食家"被人叫得山响，那又算怎么回事呢！

不久前，组织上派我去丹麦参加中国欧洲文化对话，任命我为中方的代表之一。我的名字下，注了这样的四个职衔："中国艺术研究院研究员、著名作家、京剧研究专家、京城文化专家"。我不知道这个材料是谁拟的，但这确实是我的职业与专业。就拿其中的研究员来说，那真是可高可低。我们中国艺术研究院二十年前拥有两位登峰造极的研究员：一位是张庚，另一位是王朝闻。他们二位在高龄时把具体的实职退了，最后就剩下这"光秃秃"的研究员啦！但是，他二老的"研究员"名下的含金量，是我们这些晚辈如何也赶不上的。余生也晚，更因为浮躁，参加过一阵子的电视工作，因此这"家"那"家"地被乱叫了一气。叫的当时热闹，可叫完了也就完了。等以后再看电视的重播，自己都觉得脸热。当一个"家"是要有学术著作的，要有砖头一般"死硬"的作品，如果没有这东西，趁早还是乖乖地称"某某员"的为好。

我愿意在此没有成见地谈谈对"美食家"的看法。

"美食家"不可能与生俱来。试想：当人们刀耕火种、生产力还十分低下的时候，吃了上顿还不知道下顿在哪里的时候，这世界谈不上谁是"美食家"。以后有了剥削与独裁，少数人能侵占多数人的劳动成果，于是剥削和独裁的人，才有可能出现并成为真正的"美食家"。至于在吃上头，如何进一步追求好上加好，恐怕还是非常晚近的事。我们读历史早期著作，说起生活的富有，习惯用"酒池肉林"去形容。估计"酒池肉林"之中是无法出现"美食家"的。

阅读近代的西方小说，可以知道有钱阶层的奢华，有钱再有了闲，于是开始在吃喝上下起功夫（包括正经的文化功夫）。"美食家"，应该说是在这样的大背景下逐渐出现的。但是那些拿惯了菜刀，会"做"强于"说"的人还不能成为美食家。

所谓"美食家"大体可以分为两类。

一类专讲做菜的人，他们侃侃而谈"文火"与"武火"的差异，刀工的差异，食材的差异。引得观众很有兴趣地实际操作起来。

另一类是批能讲美食文化内涵的人，他们是知识分子，是美食行业中多年的专家。比如他们讲浙江"宋嫂鱼羹"，是怎么从北宋流传进南宋的，为什么这个南方的名菜不甜；还比如"麻婆豆腐"，是怎么一点点在民间流传，如何成为今天相当普及的一道川菜……讲者兴致勃勃，观众饶有兴趣。积累多了，这些讲者也把他们的经验整理出书。渐渐地，这一类人就成了美食家。他们需要占有两头：一要会吃，嘴巴上的感觉要很灵敏；二是文字与语言上要有功夫，要足以煽动一些人在吃饭上边上瘾。书呆子们习惯引经据典，说这个菜起于某朝，谁谁做过，谁谁吃过，还出现过哪些有趣的故事。这些文化典故能够升华菜的文化品位，我作为一名听众，对这类人印象颇好。

我亲近京剧人物时，注意到"京戏演员没有不爱吃的"这个事实。为了印证它，要看演员自己写的书，更要从与其他老演员的闲谈中留意与比较。比如梅兰芳，《舞台生活四十年》中就有生动的记录，其中说到他早年用心向北京小饭铺老板请教焖饼的面"为什么劲道"的诀窍。老板告诉梅兰芳，所用烙饼必须是头天的，而且要在头天故意放在锅盖上晾过半宿。如果用当天的饼来烩，是很容易发粘的。而这样有咬劲头的焖饼，最后再搁上豆苗与煮鸭子的汤，能不好吃么？还比如介绍杨小楼的吃，就有这样的细节：他陪客人在前厅吃饺子，仆人从后边不断把热饺子往前厅端。杨小楼一边吃着，一边随口问仆人："问问后边：我饱了没有？"这话问得实在没道理，是你杨小楼陪客人吃饭，究竟吃饱了没有，只有你杨老板的肚子自己知道。但仔细思寻，觉得杨这句话又问得实在合情合理，因为他是位全身心都搁在艺术里的人，至于生活琐事一切听凭家人——怎么说就怎么是了。

　　说远了，打住。

徐城北

2011 年 7 月 3 日

第一章　做人就做苏东坡

上世纪 80 年代末期，我已写了四五十本关于京剧以及京城文化的图书，彼时也年逾五旬，研究京剧到这个份上，可说是相对"从容"了，于是暂时摆脱梨园，开始充满闲心地到各地的人文景观"走走逛逛"。

有一次，我参加了正在西湖旁边的楼外楼举办的一届当代文化名人的笔会，漫画家丁聪专门画了一幅表现苏东坡"笋烧肉"的漫画给活动助兴。这幅画惟妙惟肖，人物神情夸张而又自然，得到与会者的一致赞叹。我吃过"笋烧肉"等名菜，更回忆着此前多次吃过的"东坡肉"，回忆那端上桌的宜兴陶罐，那中间一块块比大拇指大不了多少的东坡肉。我想，这道菜果真是苏东坡发明的么？为什么老百姓承认它？为什么所有杭州饭馆承认它？而且在全中国，甚至是海外的唐人街饭馆中，一律对之放行无误？我遂与邻座探讨这个问题，邻座觉得这不成问题，因为在他们的儿时，东坡肉就"这个样子"摆在这里了。我站起身，离开座位，下楼，信步出了菜馆。

走笔至此，容我卖个关子，先交代一些旁的事情。

在北京同年龄的文化人中，我显然是很爱吃、也很能吃的一个。我们经常会聚到有饭局的场所，其标准的程序不外总是先由召集饭局的单位的领导致辞，指出今晚请客的目的何在，即因为一个什么事，才劳动大家跑到这儿来集合云云……紧接着又会引出真正掏钱的主儿，他真是有事麻烦大家，比如要让大家写篇什么东西，支持他正操心的什么事情等等，总之，希望大家能顺手写点小东西，帮他这个忙……到场的作家中，也有不喜欢动笔的，那没关系，您就出出点子，想想主意，同样也好。等饭局的召集者把话说完，大伙便纷纷入座，于是伴随着盘盘碗碗的端上端下，吃饭者的高见也在不断地发表着……最后席散，大伙彼此打着招呼说"再见"，于是这次的席面结束，大伙分手各回各家。

这，就是北京文化界的寻常状态。通常在一个群儿里混了三五年的人，要是还没能混出个"人儿熟话也快"的境界来，那他就算低能了。

梨园界的文化人（也包括我）一般都是只带了张嘴进入饭馆的。面对出钱请客的人在席间提出的请客的目的时，我们必须积极应对，每人至少要认真发一次言。每当这时，有些只能吃而不能说的人就有些尴尬了，于是他们便求助于我或与我类似的人了，我们在发言中，往往先从这位尴尬的梨园人士说起，讲起他在这个领域上是多么多么有积累，然后讲自己受他的启发，也有了若干或大或小的积累，这样子讲出来，既能让请客的人满意，至少是下回请客依然有我，同时又帮了身边这位梨园前辈的忙，使他不至于太尴尬。由此我在积极参与的北京"圈内"这类消闲活动中，慢慢地活泛起来。

经过几年这样的积累，一方面我的正业（研究京剧文化）更有了根基，同时也增多了我在杂学上的知识，比如过去的演员习惯在北京什么饭馆吃饭，吃饭为什么目的，饭局分多少种席面，各处席面又分别有哪些拿手菜……同时，吃饭在梨园边缘还起着什么作用等等。当然这些内容通常只是我个人注意研究与积累的，在旁人看来未必是有用的。再有的是更大路的吃饭学问，比如北京民间的饭局起于何时？饭馆分别在什么地点？对历史起到重要作用的饭局有过哪些？它们都有哪些生动细节？等等。

对于这些素材，我用心铭记并把它们分门归类，努力让它们进入学问的范畴。每到这些杂学积累到一定程度时，我就会自己给自己出题目，然后把它们分别写成文章（甚至是书中的章节）。因为这些活态的文化，观众和读者是有兴趣的。每当我写过这些之后，我在城市基层读者心目中的位置与层次，也就会提高一个台阶。尤其是关于吃喝类的掌故，文化人通常是很感兴趣的。不管你生活在城市的什么层次，你都能感受到这一点。

当时我在中国京剧院已经工作有年，我不唱戏，但我用力在戏曲文化，这文化无边无沿，与社会上正经的请客吃饭有很多关联，我必须去详细了解。我以为，尽管这类资料无边无沿，但文章用上时不许出错。这虽然是一个有弹性的标准，看上去也未必很高，实在没把握的干脆不谈就是，但当你真用心钻研了，把一些似是而非的东西落实了，一旦再谈出来，结果立刻会不一样。当我认识到这一点后，对饮食文化以及它在城市人生活中的作用，就非常敬畏了，我得一点一滴搜集、研究、理解。

在这个过程中我开始了解北京的老饭馆与老字号，也注意了解中国除去北京之外的另几个古都，特别是开封这个城市，它在城市与老字号盛兴时，都出现过许多的知名的老字号。在这样的背景下，我关注到了杭州以及坐落在西湖畔的楼外楼……后来由于偶然的机缘，我有幸与杭州的楼外楼饭庄结缘，遍尝它的十大名菜。令我更高兴的是，它委托我参与举办饮食文化的研讨会，参与拟定其间的北京代表的名单，这就是文章开篇提到的笔会。

书回前文。

此刻，我吃得是过饱了，还打着嗝，信步走到西湖边上，纵目南望。我有些抱愧，都五十岁了，还不知自重，明明患有糖尿病，带糖的食物应该不吃，怎么一来到江南，一切就全然不顾了？我远远看去，湖水苍茫，不远处有一道堤岸，那就是著名的苏堤，是苏东坡在杭州当太守时留下的功业。

苏东坡！我此刻居然想起了你！我自幼梦想着能见到你，可你离开我们已经将近九百年了！你是一位旷世少有的大诗人，记得中学课堂上老师讲解过你的作品，比如《水调歌头》："明月几时有，把酒问青天……"这是一种公众形象的作品，你站在一个楼头，举杯问着青天，你豪迈、你直接、你还勇敢……；比如你写给亡妻的《江城子》："十年生死两茫茫……夜来幽梦忽还乡。小轩窗。正梳妆。相顾无言，惟有泪千行……"相比之下，我更喜欢后者带有个人私密情感的词，这是千古词人不可多得的私密情感的流露。

后来我买到过一本《苏东坡传》，作者林语堂。这本半世纪前的作品，原来是用英语写的，如今我拿到的是翻译过来的汉语本。书写得太好了，它几乎回答了我所有的问题。这本书写于1936年，那时我还没出生。当时林语堂携全家赴美，带去不少关于苏东坡的资料，书全部是用英语写的。作者在自序中说，自己写苏东坡没什么个人目的，觉得自己应该写。"像他这样富有创造力，这样守正不阿，这样放任不羁，这样令人万分倾倒而又望尘莫及的高士，有他的作品摆在书架上，就令人觉得有了丰富的精神食粮。"林语堂先生到了美国，用英语写本国千年之前的高士，这是林先生的文学行为。我在半个多世纪后读他的译本，却依然觉得很幸福，又很过瘾。当然，更大的感触则是抱愧。

上文"像他这样"云云，是林语堂对苏东坡的认识，我对之亦深深地认可并拜服。自此后在我的认知里，苏东坡再也不仅仅是中国诗词的大家，他首先是一位活生生的人，是一位血肉鲜明的性格活泼的人。

苏东坡出生于 1037 年，一生两度在杭州为官。第一次是 1071 年，三十五岁时当了杭州通判，这一时期他初次领略了杭州的风花雪月，领略了它的风光，对其外在的环境和风光有深入的了解；第二次相隔了十八年，他放弃了在京城中的高官不做，1089 年又跑到杭州担任太守兼浙西军区辖管这样一个具有实务性质的官，此次任职时间不长，只干了两年多，但那时西湖的风花雪月，已再不能诱惑他了，他在短短的任期内完成了疏浚西湖的大工程，为杭州民众解决了生活上的隐忧。

苏东坡一生大体可以分为四段，在第一次离任杭州后，遭遇到第一次的贬谪。在第二次离任杭州后，又开始了第二次的流放。他一生有幸遇到三位信任他的皇后或太后，他有过两度婚姻，他应该很感谢他的前妻以及由妾扶正的后妻，他应该记取身边女人给他的太多好处。

而我此刻要寻找的，则是一个在心里保存了许多年的疑问：一个著名的文人，又在杭州当着这不大不小的官，从何时起杭州饭馆会出现用你的名讳命名的菜肴——东坡肉？是老百姓的自发之举？还是由你默许的？在你主持的官府宴会上，是否它也被端上了桌？与你同桌的人，是否大胆地向邻座推荐："来，来！趁热，趁热，这是著名的东坡肉。当然，它可不是从咱们太守身上割下来的……"于是举座大笑。彼时彼刻，你心里怎样想？难道，你也会顺口应承："都请，都请！趁热，趁热"，脸上仍充满笑意，与邻座或者对面的人不断碰杯……

　　事实上，苏东坡在第一次到杭州任职期间，这"东坡肉"还没能问世，他与杭州民众还没熟悉到这个份儿上。当时他板凳还没坐热，就被朝廷发配走了，自此苏东皮开始倒霉，去往人生的最低点：湖北黄州。

　　这地方在长江北岸，地方很苦，紧靠赤壁，对此黄州，我在"文革"期间独自去过。我去是为瞻仰千年之前的赤壁之战古战场，还为此写过一首《金缕曲》："壁下黄州土。傍溪流、柳丝拂起，牛儿三五……"

　　我当时纯是闲情，可怎知约九百年之前，苏东坡遭到贬谪，却在这里受难。他在农舍"雪堂"与城中"临皋亭"两处居住，每天两处往返，要走一里多肮脏的泥巴路。朝廷对他的重压，都在无言中显现。每天走过城中那一段小坡，就到了黄泥坂，一直通往起伏的丘陵。他不与生人说话，尽管他已脱去文人的长袍，摘去了学士的方巾，改穿农人的短褂子，好使外界看不出他士大夫的身份。他每天孤独地来往于这段路上。一次他喝醉后，写出了一首流浪汉的狂想曲，名之为《黄泥坂词》："朝嬉黄泥之白云兮，暮宿雪堂之青烟。喜鱼鸟之莫惊余兮，幸樵苏之我嫚。"文词是华美的，但内心是悲苦的。

　　苏东坡自己善于做菜，也乐于自己做菜吃。当时猪肉在黄州极贱，这东西"富者不肯吃，贫者不解煮"，苏东坡引为憾事。他告诉当地人一个炖猪肉的方法，极为简单，就是先用很少的水煮开，再用文火煮上几小时，当然要放酱油。

他还教过别人做鱼。选一条鲤鱼，用冷水洗，擦上点盐，里边塞上白菜心。然后放在煎锅里，放几根小葱白，不用翻动，一直煎。半熟时，放几片生姜，再浇上一点咸萝卜汁和一点酒。快要好时，放上几块橘子皮，趁热端到桌上吃。

他还发明了一种青菜汤。这本来是穷人吃的，他推荐给和尚，方法就是用两层锅，米饭在菜汤上蒸，最后饭菜同时完成。白菜、萝卜、油菜、荠菜，下锅之前要仔细洗好，放点姜。在中国古代，照例汤锅里放些生米，在青菜煮得已没有生味道之后，蒸的米饭就放在另一个漏锅里，但要留心不要使汤汁碰到米饭，这样蒸汽才能进得均匀。

真是不可想象，苏东坡从哪里得知并掌握这许多极为简陋的食物的做法，他这么一个自幼读书写字之人，又怎么有时间与兴趣把它们介绍给附近的农人？他需要当场演示，需要张嘴逐一品尝，难道他不会在此时间回想起自己前半生的峥嵘时刻——他是宰相王安石的劲敌，在王安石大搞变法的年月中，他经常是哪壶不开提哪壶的……如今，他这样自述他在城里的新家："东坡居士（这早已是另一个苏东坡了！）酒醉饭饱，倚于几上。白云左绕，清江右回，重门洞开，林峦岔入。当适时，若有思而无思，以受万物之备，惭愧，惭愧！"家诚然是有些穷，但经他这么一写，再经众人传诵，这穷也穷得很有韵味与气节了。

苏东坡在晚年，曾专门去了南京一次，看望他早年的政治对手王安石。"老了，都老了！"这是苏东坡初见对方时的感觉。早年，苏东坡追随司马光等，与变法的王安石斗争了许久，最后苏东坡失败了，但王安石也败在自己的一个下属手里——下属如今当了比自己还大的官，又反过来整治自己。苏东坡本身是个诗人，只要能写作，只要能看见新的生活场景，他就很兴奋。他思想上从不寂寞，他习惯用笔去写那些他还没写过的事物。他去看王安石，脑子里早把过去的纷争淡忘，但王安石则不然，说话非常小心，唯恐泄露出去，又成为哪个下属迫害自己的把柄。二人谈话时，彼此的心境差得很远：东坡放松，安石警惕。

苏东坡说，"我有话要跟你说。"

王安石脸上立刻变色："怎么，你还要跟我提起往事？"

苏东坡说："我想说些现在的国事。"

王安石这才镇定少许："你，说吧。"

苏东坡说："汉唐亡于党祸与战事，我朝过去力避这种危机。但现在西北兵连祸结，你为什么不阻止？"

"我已退休，无权干涉。"

"不错。你不在其位，可以不谋其政了。不过皇上待你以非常之礼，你也应该以非常之礼事君才是。"

王安石还是怕这番谈话泄露，不敢再继续下去。

　　磊落的胸怀，放言显露出肝胆。苏东坡一生几次被贬，又几次被调了上来，允许他以一介闲人之身到处走走，包括访问过去的政敌王安石。他是个手中没有任何兵器的文人，但对周边的世界与中国的历史，却能够勇敢地侃侃而谈，能让皇室接受最好，不接受就不接受，受些冤枉也无所谓，反正胸中自是一片正气！

　　苏东坡后来的命运，也是一波三折：先被发配广州，后去过雷州与海南岛。最后又回到常州，六十五岁死在常州。在他那一代官吏中，如果没得上要命的恶疾，是不会六十五岁就过世的。明显，苏东坡是吃了太多的苦。恰恰也正是这苦，给他的作品增加了韵调，让人觉得吟诵不尽。有了这一点，苏东坡想必也觉得值得了。

　　《苏东坡传》最后说道："我们一直在追随、观察一个具有伟大思想、伟大心灵的伟人生活，这种思想与心灵，不过偶然在人间世上偶然成形，昙花一现而已，苏东坡已死，他的名字只是一个记忆，但是他留给我们的，是他那心灵的喜悦，是他那思想的快乐，这才是万古不朽的。"

　　我读了这本书后，心灵上受到极大震撼，特别是对苏东坡与南宋时期政治生涯的认识。

　　我年轻时去了新疆，一去八年；后来转至河北，结果一呆又是七年。三十七岁才回到北京，人已半老，重新回归到喜爱的专业之中，万事当前，先抓专业，等专业基本定型，才抓其他，于是便有了后来研究的老字号。虽然我本不是一个特别留意吃喝的人，老字号多，从哪里下手呢？北京的？天津的？上海的？冥冥中我最后挑中了杭州的楼外楼，为什么选中它？我与它非亲非故，其实是一眼看中了它的名字好。人生要有志向，山外有更高的山，楼外还有更高的楼嘛！我前半生要不努力，后半生就回不了北京。而楼外楼也非常奋发，在我去那里的时候，除了传统的八大名菜之外，又搞了两个新的系列：新的八大名菜，以及在龙舟上的八大名菜。

这一次来杭州参加活动，引发我进一步接触苏东坡的想法，这实在是来之前没想到的。接触之后觉得：其实正好，或者更好！因为我研究老字号刚刚开始，我是要干上一段时间的。当然，我需要干干歇歇，也不可能总来杭州，但苏东坡是个无比深厚悠远的大人物，他能让我产生一种心像。这非常重要，有了这心像就能保持长久的动力。加之，他苏东坡自有他的主业，吃喝不过是次而又次的副业。我徐城北呢？主业是研究京剧，退休后转到京城文化上去，要等实在"没事了"才来研究饮食，所以，就这一点来说，自己与苏东坡倒是有几分相似呢！主次一定要分明。只有分明了，以后搞其他或许才行。所以，我能有"苏东坡"这样一个心像在胸，实在是莫大的幸福。

所以，我在西湖边庄严发誓：退休之后，副业延展到研究饮食文化，阵地选择杭州的楼外楼，偶像则选取约千年之前的苏东坡。

我永远忘不掉西湖的那个美丽而又严肃的夜晚。

第二章　百年一遇袁子才

忽一日，我想要写一位与苏东坡完全不相干的人物。他俩在"吃"这一个单项上，几乎没有点滴的相似之处。

袁枚，字子才（1716—1797 年），世称随园先生。钱塘（今属杭州）人。清乾隆四年进士。乾隆七年外放江南当了七年县令，颇有政绩。乾隆十四年时，发现再难升官，同时不甘心"为大官做奴"，想专心从事诗文写作，于是辞官隐居在南京小仓山一处风景地——随园。

袁枚也算是苦干了一辈子，世称他为"乾隆才子"和"诗坛盟主"，著述有《小仓山房诗文集》、《子不语》等，但传世最著名的还是一本薄薄的《随园食单》。作为研究者的我，却仅仅只看到过这一本。杭州风景好，文化也很丰厚，文人们传世的作品都很多，文化类的书是看不过来的，虽然袁子才只有这一本《食单》传世，也就可以想见其份量。

何谓"食单"？

它有些像看戏时的"戏单"，薄薄的一页或几页纸。但真懂行的人能够从中看出很深的意思。而编写食单或戏单的人，一定得是这个行业深处的真行家，要有足够的权威。

袁枚很早就从官场上退出了，退到民间的吃喝的场上，他结识了一帮新的朋友，有提供资财的，有贡献手艺的，不一而足。但他更看重的，是深懂那些烹调手艺的人，他们虽然听人驱使，但人格上不让权才，他们真有手艺，在烹调上有独特的见解，袁子才就看得起这些人。他反正是从官场上退了，他反正是什么也不缺了，于是就成天高车驷马，到处参加饮宴，并且还经常发表餐饮上的高见。别说，他还真有信服自己的听众，于是他也就据此而天不怕地不怕地独善其身了。

我一直也没看太明白，《食单》是怎么构思出并写出的？

《随园食单》共八万余字，内容分三大块。前边是理性的"须知单"与"戒单"，后面是分项记录"海鲜单"、"江鲜单"、"特牲单"、"杂牲单"、"羽族单"、"水族有鳞单"、"水族无鳞单"、"杂素菜单"、"小菜单"、"点心单"、"饭粥单"、"茶酒单"。

在具体的做菜叙述中，有许多菜肴是与今天的做法十分相近的。比如"炒肉片"：

> 将肉精、肥各半，切成薄片，清酱拌之。入锅油炒，闻响即加酱、水、葱、瓜、冬笋、韭芽，起锅火要猛烈。

比如"锅烧肉":

　　煮熟不去皮，放麻油灼过，切块加盐，或蘸清酱，亦可。

又如"八宝肉圆":

　　猪肉精、肥各半，斩成细酱，用松仁、香蕈、笋尖、荸荠、瓜、姜之类，斩成细酱，加芡粉和捏成团，放入盘中，加甜酒、秋油蒸之。入口松脆。家致华云："肉圆宜切，不宜斩。"必别有所见。

又如"端州三种肉":

　　一罗蓑肉，一锅烧白肉，不加作料，以芝麻、盐拌之；切片煨好，以清酱拌之。

　　此类条目在全书中占有相当比重。说明两点，第一、袁子才从民间入手，从低到高。第二，尊重杭州饮食蒸煮为主的特征。

　　开篇第一条"先天须知"说：

　　凡物各有先天，如人各有资禀。人性下愚，虽孔、孟教之，无益也。物性不良，虽易牙烹之，亦无味也。指其大略：猪宜皮薄，不可腥臊；鸡宜骟嫩，不可老稚；鲫鱼以扁身白肚为佳，乌背者，必崛强于盘中；鳗鱼以湖溪游泳为贵，江生者，必槎丫其骨节；谷喂之鸭，其膘肥而白色；壅土之笋，其节少而甘鲜。同一火腿也，而好丑判若天渊；同一台鲞也，而美恶如同冰炭。其他杂物，可以类推。大抵一席佳肴，司厨之功居其六，买办之功居其四。

接下来就是"作料须知"：

厨者之作料，如妇人之衣服首饰也。虽有天资，虽善涂抹，而敝衣褴褛，西子亦难以为容。善烹调者，酱用伏酱，先尝甘否；油用香油，须审生熟；酒用酒酿，应去糟粕；醋用米醋，须求清冽。且酱有清浓之分，油有荤素之别，酒有酸甜之异，醋有新陈之殊，不可丝毫错误。其他葱、椒、姜、桂、糖、盐，虽用之不多，而俱宜选择上品。苏州店卖秋油，有上、中、下三等，镇江醋颜色虽佳，味不甚酸，失醋之本旨矣……

作者实在是大手笔也，饮食一途，他拿得起更放得下，琢磨的心思用得太狠，无论怎么谈，都是第一流。

袁大人接触社会广泛，与三教九流都有来往。他喜欢吃，但长期不是白吃。这一点请他吃饭的人也明白，心想我们请你并不要你花钱，只不过多一双筷子多一张嘴！但只要您一来，蓬荜生辉不说，甚至连家中的厨师都要雀跃：只要他们做的菜经袁大人加以评点，身价也就要跟着涨！更何况，袁大人能把这里的菜肴都写进书里，美名能传千古，这是多大的荣幸啊。另外，袁子才本人也是位旅行家，他不时出去游走，记录人文与风情当然是主要的，但他"搂草打兔子"，发现并研究异地的吃喝，又成为他旅行中不能舍弃的内容。确实，饮食文化与研究者的阅历是很有关系的。如果是同样的一张嘴，长期封闭在一间屋子里，甚至是一个地域中，尽管餐餐豪华，尽管顿顿山珍海味，并且一吃再吃，舌头上的味蕾也会疲惫的。咱们这位袁大人，辞了官不做，却又有许多真正拥护他的有钱人邀请他，今天去这里吃这个，明天去那里吃那个。吃了也不白吃，把好处都记在心里，不仅让自己厨师当下去学，更完善在自己那本还没最后完成的食单里，今天完善一点，明天完善另一点，一点点向着饮食的百科全书前进。

百科全书的价值在于厚重与系统，袁子才也知道这个，但他更尊重数百年来文人们习惯的小品文。中国的文人是特别能写小品文的，这与西方文人习惯理性思维完全不同。袁子才以自己悠游自主的实践做到了。他心中有这样一个总纲，但在具体琐碎的生活中，却是因时因地因事制宜，慢慢地向着这种"不是百科全书的百科全书"的样式前进。他心中有百科全书的凝重宏伟，但他行文随意轻松。首先，他喜欢在旅游中吃，或者以吃去带动旅游。他是杭州人，杭州附近的风景就已经相当不错了。资料上讲，他从江浙一直远走到江西、广东。今天能坐飞机的人觉得这没什么了不起，可在袁子才那个时代已十分不易。从杭州进入陌生的风景——袁子才首先是文人，他有感于异地的人文风景，会先写他的诗文，以之丰富其《小仓山房诗文集》；在这个主攻目标完成之后，才是他对饮食文化的搜求与研究。他活了八十二岁，在旅游和美食中度过了生命中的后四十年。从历史角度看这个人，能够坚持四十年光阴做自己愿意做的事情，实在也不是一件简单的事。

食单中有一段"戒停顿"：

> 尝见性急主人，每摆菜必一齐搬出，于是厨人将一席之菜，都放在蒸笼中，候主人催取，通行齐上。此中尚得有佳味哉……余到粤东，食杨兰坡明府膳羹而美，访其故，曰："不过现杀现烹，现熟现吃，不停顿而已。"

这真是至理名言。昔日民国初期，北京最大的山东菜馆"东兴楼"曾有轶事：在最大的厅堂中同时招待几拨客人，后厨不断把做好的菜肴送进前厅。而跑堂者先把大户所要的山珍海味送上席面（这当然不错），而把某散客要的"烧茄子"放在厅堂大门背后的八仙桌上。等到最后"烧茄子"上桌时，散客直视茄子而不动筷。跑堂问："爷，您怎么不吃？"答曰："叫你们头儿来！"跑堂的不敢怠慢，连忙把堂头请到跟前。堂头一看局面，发现烧茄子的颜色稍深，估计是出锅之后搁置的时间久了，本应该早些送到散客面前，不应该让它在八仙桌背后受冷落，于是使得由八九分熟变成十分十一分熟了。他立刻吩咐跑堂的回转厨房重做一盘送来……总算息事宁人。

在食单中看到一段轶事"蜜火腿"：

> 取好火腿，连皮切大方块，用蜜酒煨极烂，最佳。但火腿的好丑、高低，判若天渊。虽出金华、兰溪、义乌三处，而有名无实者多。其不佳者，反不如腌肉矣。惟杭州忠清里王三房家，四钱一斤者佳。余在尹文端公苏州公馆吃过一次，其香隔户便至，甘鲜异常。此后再不能遇此尤物矣。

这段文字很有趣，但让我想起许姬传先生另一则小品《蜜汁火腿》，写青年时期的许姬传在家里请客，来的都是戏曲方面的前辈。有次徐九爷吃了蜜汁火腿问许："（火腿）是怎么做的？"许说："用文火炖。"徐对许摇头说："你不真懂。"并用手指了指楼上："（你）上楼问一问老太太。"许上楼问母亲，母亲则说："选一块中腰峰，把一块火腿皮垫在火腿下面蒸。等蒸透后，把垫的皮扔掉，加甜汁、白果或莲子端上桌去。必须现蒸现吃，才能保持色香味儿。用边皮垫底，为的是不会炖焦。"当时看得我这份高兴，因为两者说的是一道菜。相比较而言，是许文更生动也更现代。记得许母曾要求徐九爷也讲他们家一道菜的秘诀"作为交换"，这显然是在刻画人物了，我就不再引录。

食单中还有则"尹文端公家风肉"。显然，这是一种原始材料而非佳肴。我们在许多特别善于烹调的大家族中经常可以看到。袁子才大约去的地方太多，随手一记，就是绝好的小品文一则。

> 杀猪一口，斩成八块，每块炒盐四钱，细细揉擦，使之无微不到。然后高挂有风无日处。偶有虫蚀，以香油涂之。夏日取用，先放水中泡一宵，再煮，水亦不可太多太少，以盖肉面为度。削片时，用快刀横切，不可顺肉丝而斩也。此物惟尹府至精，常以进贡。今徐州风肉不及，宜不知何故也。

还有一则"戒纵酒"，先确认了世事的是非与美恶，然后话锋一转：

> 往往见拇战之徒，啖佳菜如啖木屑，心不存焉。所谓惟酒是务，焉知其余，而治味之道扫地矣。

话虽短，几乎说到了饮食文化的弊端之根。本来宴会者，应该有菜有酒。可许多宴会主人，往往以酒代宴。一个酒瓶子牢牢握在手中，要么斗酒为乐，要么以酒代菜。在他们眼中，宴席就是战场：一种，把客人灌倒就是胜利；再一种，这个宴会进行过程，就成为喝酒的延续。殊不知，菜是根本，且菜要慢热，要等菜慢热起来之后再用酒辅佐（或升华）之。现在，平和进入宴会正途的太少，而企图通过一次或数次敬酒，就达到某种目的的吃喝太多。而酒，各式各样的酒，起到的绝对不是好的作用。

"食单"中还涉及一个如何创新的问题。在袁子才生活的时代，满族入主中原，处处都有一个"孰清孰汉"的问题。吃喝上也一样。如果满人请汉人吃饭，直接吃满族擅长的烧烤；相反，汉人请满人吃饭，就吃自己最擅长的羹汤。这样做都是发挥所长而回避其短。但民族在交流、融汇的过程中，有时偏偏是回避所长而显露其短的。这样做是必要的，但经历过一个短时期的尴尬之后，一种更有内涵的饮食文化便出现了。应该说，袁子才对于这种趋向的形成是有功的。

最后，该说说为什么百年一遇的是他袁子才了。应该说，这是天时、地利、人和各种条件综合的结果。杭州这块地方从北宋以来一直就特别适合袁子才这类人物的成长，南宋的《东京梦华录》、《武林旧事》一类书籍可以看出，这里有适合袁子才生长的丰厚土壤，他出生在这里，学习在这里，当官与退职都在这里。而他也努力，也坚持，从而才形成他后来"非正途"的业绩。今天南北各地都在振兴老字号，可最适合老字号生长的地方似乎在浙江，也就是由杭州向外辐射的百多里方圆。老字号的种类众多而复杂，这里民众的需要同样众多而复杂，于是这里许多事情就不振而兴或稍振而大兴了。如果换了西北的穷乡僻壤，或者东北的白山黑水，袁子才们都是不容易冒尖的。

写完了袁子才的一章，觉得意犹未尽。为什么？我除了《随园食单》，没能看到更多的材料。他在文化上做了哪些事？他的诗文建树与他在饮食上的贡献相比，究竟哪一头更重些？主业贡献与副业玩出来的学问，两者究竟结合得如何？今天的学者似乎没对这些看似更重要的东西进行搜集与研究，使得今人只能就吃说吃，不仅文章不好做了，而且可能也对不住九泉之下的袁老夫子！

在封建社会中，在袁子才那个时候，奔仕途的人是很多的，而且由低向高，越到高处人越密集。这应该成为主流，袁子才本人也应该是这种仕途路径培养出来的。但袁子才比较早地觉醒了，他逆向走动起来，并且影响了许多人。您想，他身边多是没钱没才的普通人，要想以他为榜样，学习他才叫困难呢！

但是，吃喝一途是有道的，但这道要生长在其时其地的泥土中，要生长在当时实际的人文背景当中。我们今天研究过去的吃喝，特别不能忘记这一点。

回顾袁子才的生活历程，他在官场中的生涯比较孤独。他在底层的宴饮中有捧场的人，但在高层次宴饮中没有地位，他不可能与同好者勾肩搭背，谈话也很难进入会心的境地。因此他百年后一直比较孤独，其在饮食上的创见也很少得到认同。他确实驱动了一些车马，行进在与官场文化背道而驰的道路上，但由于孤独，他的价值也没有得到认识，而参与并共鸣的人就更少了。

第三章 朱伯闲说谭家菜

朱伯是谁？文史老人朱家溍也。他长期工作于故宫博物院的研究部，称"老故宫"可也。我与老人相熟，最初只是谈京戏，我去到他家，开口就是京剧如何，老人纠正说："应该叫京戏。至少，你在我这里，谈的都是京戏的事情。"朱家住在南锣鼓巷的板厂胡同，多少号我忘记了，但大门旁边有一个"僧王府"的石牌标志。解放前，这个僧王府是朱家从僧王府后人手里买下来的，解放后朱先生和他的两个哥哥把产业捐给了国家，捐出了南边中路的重要院落，他们自己仅留下最北的一进，两个哥哥住南房和东房，他本人则住西边的耳房。我每次都是从后门直接进入耳房的，一个大间，还有一个小间。房子虽然不多，但布置相当到位，都是中式的原装古旧家具。我后来听说，朱家是一个大族，他父亲解放后向国家一共捐献了三次。在剩下房产中住着他们亲哥仨。朱先生"行四"。据说每逢年节，他都要早一步到二爷、三爷屋里拜年。有后辈问："您这么讲究礼数？"四爷闻言，笑而不答。

我第一次进入朱先生的这个院，是我在中国京剧院工作期间。我进入他的大间，有人献茶。我端起茶杯，笑问"我跟您该怎么论（读音"另"）？"朱笑答："你母亲来到我这屋约过我写稿，就坐在你坐的凳子上。一晃，时间过去三十年了。从这儿讲，你叫我一声伯伯或叔叔，是不吃亏的。"他随即回忆起我母亲进入这屋子的情景："你母亲有一种男子般的豪爽。她是《旅行家》杂志主编，专程约我写稿。我准时交卷，她一高兴，就请我到交道口的康乐餐厅吃饭。要了酒，你母亲也不等我让，她经常自己倒满一杯，然后就自管自地喝起来……我看在眼里，觉得她这位女主编确实有喝酒的瘾，只要瘾上来，就自斟自饮。"

说到这儿我很高兴，因为我有许多的或"叔"或"伯"，如今又添了一个"朱伯"。我虽然不喝酒，但因为有了那一位自斟自饮的母亲，也觉得朱伯越发亲切起来。他们完全是上一辈人，编辑请作者吃饭，照理是应该喝酒的，母亲请他吃饭，彼此喝点酒也正常。但我惊讶与钦佩的是母亲的自斟自饮，这才是情谊，是交往中真正情谊。能与我母亲在这样的场合碰上了，并且真在一起喝上了酒，那缘分是不浅的，或者说那是很真的。我能够与这样的前辈相识，就是一种缘分。

此后我经常在剧场遇到他。他不但看戏，而且欢迎别人看他演戏。记得有一次在湖广会馆，他唱了出五十年没人唱的戏《天官赐福》，这是当年演出的一出帽儿戏，平时没人演，一旦大角演了，又很了不得。记得那天，几乎全北京的名伶都到场捧他的场。最后谢幕，名伶排队上台祝贺他演出成功，朱伯则站在舞台中心那张桌子上，依次弯下腰与名伶们握手，您看，这派头有多大？

还记得曾经有一次纪念杨小楼的诞辰，大轴是他朱四爷带着宋德珠的女儿宋丹菊唱《湘江会》。究其原因，北京如今再没有比他更熟悉杨小楼了。为什么要带上宋丹菊？是因为当年朱家溍与尚小云合作过。而宋丹菊又与尚小云沾边，所以这个旦角就非宋丹菊不可了。记得三十年代当中，前后有那么七八年，杨老板经常演出，朱伯几乎每场必到，不但当面请教，还和杨的外孙一起练功。所以他之懂得杨派，不止是字面上的，而是每一出杨派戏究竟是怎么演的，打什么锣鼓点，杨在哪里用什么身段，都有哪些变格或通融，遇到梨园人不知道了，"找朱先生问去！"——就成为一段时间梨园的整齐呼声。

我当时是中国京剧院研究部主任，按说院内外的专家很多，但朱先生仍是让梨园内外的人都伸大拇指的人物。我发现，谈起京剧理论，他有着跟一般人很不同的看法。比如梅兰芳，理论家则探寻打造梅氏体系的重要性；而朱先生则喜欢给我讲一些他亲身在梅家参加过的往事。比如杨小楼，杨老板当年也进入他们朱家唱堂会。当时，朱家院落的不重要处都用布幔子遮挡，这是礼法的规定，避免大户人家的家下人等让戏子们撞见。但喜欢戏的朱家溍却主动跑到杨小楼化妆的屋子去玩。杨小楼看见朱家溍，则问："四哥（儿）

来啦……"这是旧时戏子见到大户人家幼儿的礼貌称呼。他长大之后，看京戏成为他研究文物之外最重要的嗜好。这儿有一个根据，就是他参加了梅兰芳的《舞台生活四十年》（第三卷）的整理。朱伯回忆时，务求栩栩如生，比如说到某事，他习惯说"在场的人中还有许姬（传）老，你要是不信，赶快去问。问了之后，就抓紧写出来……"此外，他还是"我一个人"的朱先生。我有些地方不太合群，但与朱先生颇对脾气，我喜欢吃，熟悉北京的老字号。与同龄人相比，我相当自豪，但站到朱先生面前，就只能老老实实请教。比如谈到某个老饭馆的菜，他朱先生张口就说："我们家也有这道菜。它是宫里头传出来的，是乾隆时的贝勒爷传到我们家的……比如香肠，我们家采取的是谭家菜的办法。"我插嘴说，谭家菜的资料我读过。朱先生一笑，我们朱家与谭家是通家之好。我们家许多菜都是由他们家传过来的……

我说起自己见过的资料，是说谭家菜主要是谭的三姨太掌灶。

朱家溍一撇嘴："年轻人说话嘴下留德——什么三姨太，多难听。应该叫如夫人，或者叫侧室也行。"

原来，谭家确实有过一位很不错的厨师，但真正掌灶的还是这位侧室，是她让老谭家在北平大大有名。"我们朱、谭两家不是一辈子的交情了。我父亲与谭老伯是诗词书画之交。至于这做菜吃饭，是极其次要的事情，无需我父亲亲自介入，只要嘱咐大师傅一声，也就行了。相比之下，倒是我年少时期对这些做菜的诀窍更感兴趣。

我父亲见了，常骂我不务正业……谭家后来形成一种很有名的吃的集会，集会由朋友自由组合十一人，加上谭老伯一共十二位，正好一大桌，每人交三元份子钱，谭老伯不交，但他参与选购，也参与制作，真到吃饭时他也入席，表示一下"欢迎"即退出。这种集会不对外，必须和谭家有些关系才能接受。要不然，只要有几个臭钱，社会上不三不四的人都可以进入谭家，那就不成体统啦……"

朱先生说起谭家菜制作中的三位一体的结构。"谭家之所以向社会开放，并不是穷到不得不卖饭的地步，主要是他谭老伯做菜上了瘾。比如，他习惯在活鸡背上抓一把，以测定鸡背上肉厚的程度，是否适合做白斩鸡。他参与了选料，后边都是按他的方法施行，最后做出来的菜品得到赞许，他内心就得到满足。再者，做菜也是一种审美，因此他和他侧室夫人之间，在做菜过程中所形成的关系，也就不是平时那种老爷与三姨太的通俗也庸俗的关系了。"

我听着，心思也飞动起来，因为我爷爷也有一位姨太太。她是天津人，小时候在苏州待过，人很秀丽。她给爷爷生了三男二女，当然此前我奶奶也给我爷爷生了三男二女。这上边两人是一样的。奶奶是山东滕县人，她是爷爷的原配，且出身一个较大的家族，遇到爷爷娶小当然不高兴，但最后为了不让这个家破裂，她隐忍大度，同意让"两家合一"。于是爷爷与姨太太从天津搬回北京，与奶奶合住在一个四合院中。这四合院是爷爷掏钱盖的，但图纸却是奶奶设计的，奶奶自己住南屋，这显然是让她自己"吃了亏"。爷爷与姨太太住北屋，表面上风光了，但北屋三间比南屋三间要狭窄，北屋是花砖地，南屋则是地板。且我父母抗日一结束就回到北平，明眼人一看就知道是地下共产党，处处"牛气"，爷爷只好抹稀泥。我在这样的大家庭中度过了童年。我后来与朱先生聊起了爷爷，不料他说："我知道你爷爷，铁路上有名的徐五爷。当过前门火车站的站长，日本人一来，他就辞职不干了……我甚至知道你这位姨奶奶，她很仗义，还结交梨园人物，要是再年长几岁，她的作用不可限量。"

我与朱先生聊起我们家这位姨奶奶，爷爷五十年代去世，她正青春。有人为她介绍对象，被她一口回绝，"我生是老徐家的人，死是老徐家的鬼，你们忙你们的去吧，我也找牌友打牌去了。"我中年时调回北京，二十年中搬家数次，居然有一次与她的家近在咫尺。我与她和她的孩子（我称之小叔叔）们重新又来往了起来，最后她去世时，她的孩子仅仅通知了我，我作为徐家的长孙，不仅去了医院送别，还代表"自己这一辈人"送了点钱。

回顾了这些经历，我开始觉得中国的一夫多妻作为一种沿袭了若干世代的制度，也不是随随便便"说不行就不行"的。这关系与昔日旧家庭旧道德的种种，彼此盘根错节，在该起作用时都起过作用。至于谭家菜中那位侧室，她做菜的手艺是没挑的，谭先生是整个谭家菜系的艺术指导，她就是实际操作者。还有一名打下手的仆人，他后来就成为谭家菜的主厨。

　　我还要说一件事，就是朱先生无意之中帮我喝下了豆汁。您想，我在中国京剧院工作，研究的是传统的梨园，说一口北京话，又这个岁数了，在朋友间的吃吃喝喝当中，不免要经常碰到豆汁。每次我吃过焦圈，辣咸菜也顺利下肚，唯独对豆汁则天然给予抵制。这种情况延续了近十年，连我自己都觉得奇怪而反常。话说有一次，朱先生在中国书店开讲"北京的大宅门"。讲演地点设在虎坊桥十字路口西北的那个老建筑中，演说异常精彩，因为朱先生是从他们的家世谈起。讲完之后，中国书店请客，请大家过马路，到对面的湖广会馆小吃店的回民饭馆进餐。主人请朱先生点菜，他也没看菜单，连续就点了三样：葱爆羊肉、麻豆腐、豆汁。他还说："这都是老北京最基本的饮食，大家都还习惯吧？"我当时恰好坐在朱先生旁边，也不知怎么搞的，兴许是回忆刚才"大宅门"精彩讲演的片段，总之，我在一阵恍惚之中，就把摆在眼前的豆汁喝了个干净。有熟悉我的朋友发现，问我为什么能喝豆汁了，我则缓缓回答："今天坐在朱先生的旁边，看来没有白坐啊。"随之举座欢笑。

　　朱先生在北京有一个美名："著名业余京昆表演艺术家"。既"著名"，又"业余"，二者貌似矛盾，然而朱先生却认可它。尽管他熟悉杨小楼，但又绝对不肯"垄断"杨派。我帮他写过回忆杨小楼的文章。说起杨派，他回忆起杨老板中年时到他们家唱堂会的情景，那是光绪年间的事：杨老板那天来得早，他对我说："四哥儿这么喜欢京戏，赶明就跟我们宗杨（杨之外孙）一起练功好了。"在朱先生那里，唱戏与吃饭是相提并论的，哪个好了自然会帮助另外一个，应该也是很好并很自然的事。说起过去他就话多，我本不是迷信过去的人，但听的多了，无形中就受了影响。

还说吃。朱先生喜欢谈老饭馆，如东兴楼、泰丰楼、同和居、致美斋。他说天天去吃也吃不腻。我心想，老字号哪儿有天天吃的？头一天去，自然一切都好。比如全聚德吃烤鸭，你能连续吃几天呢？朱先生乐了："全聚德算什么？它不过就是卖烧鸭子的。我说的是炒菜，是前清时传下的八大楼。其中绝大部分都是山东饭馆，菜也都是响当当的，海参、鱼翅为主，而且还讲究成席，一吃就是一桌子，先上什么，后上什么，以哪道菜定这桌席的高低，明眼人一眼就看出来。还有普通的菜，比如炸八块、炒生鸭片、炒生鸡片、清炒虾仁、烩虾仁、炸虾球、烩鸭腰鸭舌、氽头尾、潘鱼、拌鸭掌、里脊丝粉皮、酱汁中段、盐爆鳝鱼、葱烧海参、盐爆肚仁、油爆肚仁、炖大乌参、锅塌豆腐、芙蓉鸡片、糟溜鱼片、糖蒸莲子、冰糖肘子、炒芦笋、干烧冬笋、清蒸鲥鱼、火腿白菜心、酒蒸鸭子、清蒸鱼肚、一品锅、炒腰花、糟煨冬笋……

朱先生随想随背诵出这一系列的菜品，最后他自己也笑了：我这如同相声中的《报菜名》，但又是无序的，想到那儿是那儿，每个菜都是一绝，但按照这程序一上桌就乱了。其中原料各式各样，其中做法各式各样，其中在菜系中的位置各式各样，你进这个饭馆点这个菜与进那个饭馆点同一道菜，两个饭馆又各是各的规矩。你想成为老北京一个合格的吃主儿，没有一张合格的嘴不行，没有两只能入心的耳朵也不行。再，你腰包里没有足够的钱，或者足够的时间，缺了哪一条都是不行的。我们不光在幼年跟着大人去吃了，而且跟这些饭馆交了朋友，他们每一个饭馆都有多少种宴席，其中又有哪些变化，这就如同早年间的京戏一样，都是从"富连成"出来的，怎么到了社会上一混，就成就出哪么多的流派，成就出那么多的名角……

我笑着对朱先生说："您算是没有白吃，您是吃精了，吃通了，吃明白了。"

朱先生不无遗憾地回答，"可惜上边的这些菜，现在几乎都吃不到了。"

比如前几年东兴楼在东直门重新开张，专门请朱家溍和王世襄二老去品尝。菜还是老年间的那些，材料也不差，但味道就差多了。经理问为什么？朱先生指着桌子上一个碟子的酱炒鸡丁说：这碟子太大了。经理说，咱们这么大的圆桌，用这么大的碟子合适。朱先生则说："过去一次炒，倒出来装满一个七寸碟。围坐的人每位一筷子就完了。如果觉得好，告诉后边，再炒一盘就是。等这后一盘上来，实际吃饭的人就没几个人动筷子。剩一点端下去，这是规矩，哪儿能个个菜都吃得干干净净的？我有一个基本态度：反对厨师现在一次炒几份菜，炒得了再分倒进几个碟子，再由服务员送到几个桌上。应该是一菜一炒，而且可能的话，炒菜之前到饭桌前边，跟今天的吃客聊上两句。"

东兴楼的经理听了，好长时间没言语，因为现在开饭店，如果顾客人多，经常好几桌都会要同一个菜，单子拿到厨房，大师傅只能"一勺烩"。经理有修养，没当面驳朱先生。朱先生最后说："有些话你们不爱听，现实中也实现不了。但这是我心里的话，所以还是要说。我最后说点两件更绝的事：一、1960 年，我母亲八十大寿，前后两天，我们请同和居的厨师到我们家里做菜。由著名的老堂头王元吉老人带队。做菜的师傅多是五十年代的中学毕业生，如今出息得很不错了。二、我 1974 年从湖北干校返回北京，梅兰芳夫人福芝芳在同和居请吃洗尘酒，都是传统菜，而且都是老师傅掌勺。"我当即插话："我知道程砚秋也与同和居熟悉，甚至连程砚秋夫人去世后，程家后人也都在同和居请摆了几桌，作为对各方面帮助办丧事的答谢……"

不久，我荣幸地认识了王元吉老人，那次是丰泽园开办六十周年庆典，吃饭后，安排我采访王元吉。老先生身体已不太好，但还是打起精神讲了两件事：一、北京围城期间，总参谋长白崇禧代表南京视察北平的城防，白是国民党三星上将，北京的城防司令傅作义的军衔也是一样。但白是代表南京来的，这让傅作义不能不好好招待。丰泽园派了老堂头王元吉，跟在白的身后，要做到顿顿不重样：早晨在通州，中午在南苑，下午去昌平，每换一地要让白吃到不同的菜肴。这有些难，王元吉向傅作义叫苦。傅作义说：你们丰泽园不会没办法。比如，王元吉某顿安排白将军吃砂锅什锦，忽然又觉得不妥。他赶忙去请示傅作义："听说白将军是回民，可我这砂锅里边得放火腿呀！您说我搁是不搁？……"傅作义沉思片刻回答："总裁请客也有这道菜，只见白将军一样吃得挺痛快。""哦。看来我还是应该搁，但万一他看见汤里有火腿那怪罪下来……""你真是傻瓜，先放了再取出来，该有的味儿在里边，但看不见真东西，不就不怕他了么？"王照方执行，果然有效。二，是在丰泽园内部。一次，有人要拜师马连良，最初约定在丰泽园请客。不料，这买卖被西单一家饭馆抢走了。于是，丰泽园老板自己叹气："看来我做买卖，真是越来越不会做了……"王元吉问明缘故，当日午后去到梅兰芳家，向门房表示要见梅太太。及至梅夫人召见，问王有什么事。王吞吞吐吐做不敢言状。及至言明，梅夫人则说，"这有何难，我打电话约马夫人晚上到我们家打牌，我当面和她说，把拜师宴定在丰泽园不就行了？"这样，一切矛盾化为乌有。

　　如今，王元吉老人去世，类似的典故我再也听不到了。朱家溍老人也去世了，使得许多从事文物研究的中年人失去靠山。所以，我有个很深的感触：文化老人真是我们的宝，不能人在时不留意，人一旦去了，你再嚷嚷"痛心"，也没丝毫的用处了。

第四章　张恨水·"吃小馆"·长篇小说群

　　我在中国京剧院工作期间，曾与张恨水先生的四公子同事。他也是艺术室编剧组的编剧，年纪比我大六七岁。他名字叫张伍，但在男孩中行四。到底什么缘故，我一直没敢问他。编剧组中人员各式各样，老同志都是从旧社会过来的，阴差阳错就进入了剧院的编剧组，其中最有名的是翁偶虹与范钧宏二位。当时，翁先生已退休，但回忆戏曲史的文章铺天盖地；范先生满头黑发，写作力也正强。中年编剧一辈，多数来自大学文科，也有少量是由演员转过来的，张伍兄即属此例。他原来在戏校学唱老生，但限于天分，大概唱不出来了，便及时转成了编剧。张伍嗜好文史，范先生看过他的经历，觉得他属于编剧一行的可造之材：因他老父亲是著名作家，自己又学过戏，这与范自己（解放前学过马派，并且挑班）有些近似。我和张伍兄自认识以来，脾气近似，所以各方面都显得相投。

　　张伍兄曾向我谈起他父亲的一则吃小馆的轶事：因为平时写作甚忙，忙到不关心家里吃什么的地步。住家附近有一条小河，小河拐弯处有一所小馆，小馆不大，店面也就三四张桌子，擦洗干净，木头都露出白茬。有老板一与厨师一，此外再无闲人。张伍讲，父亲上午即开始伏案，如果没人打扰，这写作一直能延续到下午。如巧，上午来了熟人，张恨水便会立刻中断写作，拉着客人出了自己的家，"上馆子吃饭去！"进到小馆，里边也没有食客，主客分别落座。老板进来问二位吃点什么？张恨水亦以此言转问身边的客人。客人知道恨水的用意，于是说"我替老兄做主了！"说完这话，进到后边的厨房，良久方出。他转向恨水说："他家今天进了哪几种菜，如什么什么……"这时小馆的厨子也跟了进来，站在一旁静等吩咐。客人这时转向了老板："我建议您做这么几道菜，如什么什么……"总之一二三，有冷盘有热炒还有汤。熟人是会吃的主儿，几道菜说得头头是道，刀工、火候上都不乏讲究。那客人与恨水也都不见外，三一言二一语地插言，于是这简易的几道新菜，也就设计好了……

张伍兄最后说道："那时候东西便宜，一顿饭吃下来，也就是八九毛钱。老板、厨子和我父亲一共"三国四方"，花费不多，但是受益匪浅。朋友来去都非常高兴，同时我父亲作为一个报人兼作家，花费的时间也不多。又能从谈话中获取大量第一手的生活素材和见闻，使得其后的写作顺风顺水……"

这番话引起了我的遐思。张恨水重视朋友之道，虽然写作时间占用了他很多的业余生活。但他仍然挤出时间和朋友聚会，接触生活，才能抓住生活。他正差是在报纸当编辑，不上报馆时则在家写作。

他的长篇小说非常有市场，同时为几家报纸写着长篇小说。每篇小说都是连载的，一天一段。张恨水对各部小说情节了然于心，写作速度也很快。时常今天让甲小说多连载十几小节，明天再让乙小说多连载十几小节。试问他怎么写？他完全没有小说提纲，但几部小说的线索成竹在胸，彼此不会也不允许混淆。

有时，他正在某个消闲场所做着自己喜欢的营生，然而小报记者打听到他的去处，跑来"抓住了他"，坐等向他索稿。甚至有这样的情况，来的是两家报社的记者，分别索取两部小说的下文。张恨水只得找来纸笔应付，他必须交稿，他需要用此换来柴米油盐以供全家吃饭。好容易写了八九段，够那家小报连载八九天了，另一位记者生气了，"我来得比他早，你却把我晾在这里，是不是不想给我们稿子了？"张恨水一边平息着记者的愤怒："慢着，我立刻给你们写——"一边让头脑清醒一下，瞬间又进入另一情节中。真是奇迹，两部小说，两种情节，同样精彩。最后让等待的记者非常欢喜，拿着稿子欢心而去……

这样的故事我多次听文化老人们说过，包括我母亲在内，这足见张恨水的性格和功力。试问他张恨水哪儿来的这大本领？原因就在于他了解生活，每次吃小馆的经历给了他许多鲜活的生活素材储备在脑中，下笔才能这样精彩和神速。所以在那个年代，似乎只有他，才能不停地写作出那么多的长篇小说，而其中多数都在水平线上。这确实是文学史上不可多得的现象。能够同时写作两部长篇小说的作家就少，能够写出分量相等，水准相近的作品的作家就更少。

吃小馆如何在作家写作里发生作用，似乎我们应该认真研究。

我还发现张伍兄与各家出版社打交道的秘密。别的文坛巨匠的后人都是静等出版社找上门，而张伍稍有不同。他是父亲那许多孩子中公推出来和出版社打交道的。他有一间屋子专门放父亲书稿，平时有空，总到这间房子看父亲的书。他不是以读者的角度去读，而是以出版社的角度去读，研究目前哪一本或哪几本最能受到欢迎。对父亲的书稿做到自己心里就有底。等到出版社仰慕父亲的大名而来时，他会主动介绍父亲最主要的几部著作（如《春明外史》、《啼笑因缘》与《金粉世家》等），出版社并不都了解父亲的全部著作。张伍看到这一点，于是"主动出击"，他只推荐父亲的某一本著作，需要是中等水平（以上）即可，同时提出的价钱又是双方都可以接受的。这样一来，一次只签一本，成功的可能性就大得多，如果出得好再卖得好，张伍往往又会提出出版第二本。双方合作的可能就加大了，所以在出版社中，像张伍这样的作家后人，往往是非常受欢迎的。

我这部书谈饮食，单独一章写张恨水先生，好似跟美食没多大关系，他本人也并不特别热爱美食，他大量时间在编报纸，业余时间则写长篇小说。他忙到没有时间去请客人吃饭。但是，他却在有限的吃小馆中取得了大量第一手的生活素材，写进小说中大获成功了。人能有一副好身体或者好牙口，是最大的幸福。但是虽然美食能让肠胃享受，如果仅仅是为吃而去吃，那就没意思了。在饮食之外能琢磨出点意思，那才是意境。

第五章　住在珠宝市深处的爆肚冯

　　我认识爆肚冯的时间很晚，大概在九十年代的中期了。先是在他前门外廊坊二条那个小馆子见过一面，介绍人是宣武区的文化顾问黄宗汉。我与黄宗汉的哥哥黄宗江很熟，黄宗江曾嘱咐我到了宣武区有麻烦可以找他弟弟。宗汉原来是电视机厂的厂长，在宣武是无所不能的"大拿"。基层有事求他，就没有办不成的。求他介绍爆肚冯，他问："你认识他做什么？"我回答："不为什么，就为了认识而认识。"他回答"好"，"将来我到东西城，想吃大馆子也求你帮忙。"我答应。他则带我进了廊坊二条，介绍了爆肚冯的老板，顺便吃了他一顿，吃完了又约第三天再见面。爆肚冯说，正好中央电视台二套约好了采访他，一并进行就成。他告诉我家在大栅栏珠宝市，从大栅栏东口进去，在十字路口向北一拐弯，就是珠宝市。到珠宝市再一拐弯，就是。遥想当初大栅栏在繁华期，北有珠宝市，南有粮食店，富有又饿不着，所以大栅栏才富足。

　　非常遗憾，当我找到珠宝市的时候，我被周围的景象惊呆了，四处居屋破旧，一间小厕所，附近污水与臭味纷飞。难道，这就是当年显赫的珠宝市么？珠宝而能成"市"，显然数量与质量是堪称此名的。看到如此画面，我想起诸多老地址、老地名，诸如"大栅栏"，最早北京城区的夜间是离不开"栅栏"的。官府严防夜间街道有坏人，于是隔不多远便设立栅栏与岗哨，维持着京师的和平景象。

最后在一个很大的大杂院中，找到了爆肚冯的家，两三间低矮的平房，而且方向不好，似是西屋。中央电视台二套的年轻朋友提前到了，我连忙询问："我今天想做些采访，咱们怎么配合？"他们则回答："我们正对大栅栏做平面的扫图，为了保存一些资料。今天这里还在的，如果不扫下来，明天兴许就没了。您说您的，我们拍些周围的画面。如果以后系统拍摄大栅栏时，这些东西或许有用。您只管谈您感兴趣的问题，甭管我们的存在……"于是我抓紧提问，"老冯，您是这里的老住户了？"

爆肚冯说，"到我，已经是第三代了，我们家老祖是在清朝的光绪年间，从山东进了北京的……"接着，爆肚冯滔滔不绝地谈起了自己的家族史。

"我爷爷是山东人。他小时候去天津学徒，买卖铺子里学，人家管饭不给钱。三年过去，俺爷爷人老实，反倒招来一个"不诚实"的评价，说不机灵，爷爷没办法，觉得没出路，无奈只得回山东，但又觉得脸上很没有光彩。于是一头倒在大船的船帮上，看着悠悠的河水，死的心都有了，"我没有回去见乡亲的脸面哪！

　　"话说正在懊恼间，对面开来一条去北京通州的船。啊，爷爷心里一顿：'我天津栽了，干脆到北京，去重打鼓另开张？这或许是我人生另一条路吧？……'于是，趁两条船对面开过之时，爷爷'噌'地飞起身子，跳到对面开过来的船上。对面的船也吓了一跳：'你，你不是抢钱的土匪吧？'爷爷解释，自己从山东去天津学徒，没学出来，老板让自己回山东，自己没脸面，死的心都有了。忽然想起北京还有一个本家爷爷在铺子里做买卖，每天都要到地安门大街上露面，于是就决定到北京投奔他吧，看能不能重打鼓另开张……

　　"对方的船上说，我们只是向北京的方向，只到通州，你到那儿，也一样人生地不熟的……

　　"爷爷连忙答应，'就把我扔在通州就得。我以后碰上谁，就都是自己的命了。'人家总算答应下来，果然在通州的一个码头停靠，把自己扔在那里，船又向前开走了。

　　"通州是异乡，爷爷两眼一抹黑。随后又下起雨，虽说爷爷死的心都有，但无论如何也不愿意这样死去，也太没出息了吧？后来看见一个整齐的小铺，人家刚上了板儿，铺子外边没人，便躲避在它的屋檐下，眼看着那雨水哗哗地下着。后来天亮了，屋里亮了灯，出来了人，惊讶外边多了个人，急问爷爷是干什么的。爷爷满脸是泪水，把实情告诉对方：自己山东人，到天津学买卖没学出来，被赶回家，自己觉得没脸，准备半路上就跳船自尽。……如今进北京再做最后的一试，本家爷爷的买卖在地安门大街上，想去找他。那家人看着爷爷可怜，暂时收留了他。

"爷爷把寻找本家爷爷的心思暂时收起。首先，他必须先取得在通州落脚的可能性，这必须要取悦通州老板的信任。于是在此后的几天中，他低眉小心地说话，随后目的果然达到。通州买卖的老板允许他帮助自己做一些最简单的工作，但夜晚依然只住在通州买卖的外边。夜晚仍有雨，但他不能有埋怨。最后弄得老板都不好意思了：'今天晚上要再有雨，那你就进来吧。'老天爷果然能掐会算，当晚果然又落雨，他也果然被招呼进了铺子。

"这实在是飞跃。但爷爷不声不响，依旧为铺子做着一些最简单的工作。老板渐渐信任了他，逐渐把一些重要的工作交给了他。三个月后，老板忽然给他制备一身整齐的衣服，叫他到北京城里给自己收账。

"这可是从没有过的信任啊。他不敢相信，又不能不相信。

"爷爷终于等到了这一天。到了北京，并且迅速完成了通州老板的嘱托。这时天还不算太晚，于是他独自找到地安门，一个个买卖摊走过去，仔细看着那一个又一个的老板。终于，他在一个摊贩面前停下了脚步。眼前，这位买卖摊的老板正是自己的本家爷爷。

"爷爷完成了通州老板的任务后，回到了他本家爷爷身边，不觉几年光阴过去。吃喝的事情不愁了，但爷爷他发愁还没有找到一种合适的营生。什么叫营生？那就是自己安家立命的商业项目，说白了，那就是自己的买卖啊。也是事情巧合，让他小本赚了大利，这爆肚生意让他发明出来了。真是不用多大的本钱，都是牛羊身上的下水，用点自己发明的调料一勾兑，就硬是迷倒了多少京城的客人。于是，自己爷爷跟着他爷爷，先是在这地安门大街独自支撑起一个摊子，自己干。后来他爷爷去世，爷爷自己又支撑了一个时期，等自己也老了，回山东老家带回几个年轻的亲戚，把买卖又做得更大了，一辈没有做够，第二代进北京，随后第三代又来到了北京。那势头真火，真像永远也干不完的架势似的……

"可是，一等解放之后，我们这营生虽然还好，但就是政治上不行了，说我们是'小私有者'，要我们重新走自己的路。看着我年轻，让我到工厂学徒，当车工！您想，我们从小在家里跟着我们爷爷和父亲——整天干的都是牛羊的下水，整天拿着铁丝笊篱干活。突然间我们干了几辈子的活儿就不行了，而且是说不行就不行了，容不得我们再插半句嘴。家里吓得慌了，爷爷和父亲都不知道怎么办了。这时，也只有我没有慌乱，我站起来说：'我去，我去！到天涯海角我也去。'看看我能不能适应外边的一切……结果，我离开家出去了，我到了河北省，我进了石家庄的工厂，我当了车工，我好好干我的手艺，我还有了发明，我把我床子上的车头给改了，这是什么？这是发明，这新发明的车头好使，我得了奖状，我成为青年发明家，我出了大名。

"发明，发明让我出了大名。但我没安闲下来，因为时代又向前走了。改革开放后，我的心思又重回到老本行爆肚上来了。一个想法迸发出来——我不当车工了，尽管我是青年发明家，但毕竟跟我们家的老本行还距离得远。我要赶快转业，转回到我们家传的爆肚身上。于是，我打报告辞职，几经周折，我终于离开了车床和车刀，离开我干了半辈子的车工，也才终于回到家族干了几辈子的营生之中。

"我的手生了，手底下再不是叱叱放光的车床，而变成小炉子小炭火的温汤，我给顾客拿烧饼递瓷碗，让他们吃得美，说着'下回还来'……我仿佛回到了光绪爷当政的年代，我们这玩意儿，伺候过多少有权有势的人啊。这么说或许也不对，但是我想着，把眼前的这些爷伺候好了，就算我们的工作做到家了，难道不是这样的理吗？"

爆肚冯还在不停地讲着，我思想开了小差，只觉得他家"有味儿"。漫然视去，寻找味道来源。仿佛来自墙壁，那墙壁有缝隙，味道是从缝隙散发出来。其实那味儿也不是什么异味，无非就是回民身上的那种特殊味道。昔日我读高中时，班上有民族同学，家住在牛街，我就闻到过这种味道。记得那时下午放学，我们时常一道去白塔寺或护国寺逛庙会，来去路上，男同学习惯勾肩搭背以示亲近，我那时就闻到过这种味道……庙会摊贩出售各种小吃，其中就包括爆肚，当时真没怎么注意，发现摊贩是用笊篱从锅里捞出一些牛羊肉的下水，分别盛在碗里，再搁上作料，就递给我们了。当时我从没吃过这东西，见同学们都吃得很香，也豁出去尝了一尝。唔，还

行吧。我们家不是回民，但平日里亲近牛羊肉，也常有趁去东来顺
的机会……

我回转身子，望着那滴滴走着的电视摄像机，那几位年轻人干
得很投入。这些年轻人毕业之后没有工作，摄像的这位就自己投资
买了摄像器材，自己找选题，先干起来，再和电视台合作。

这或许就是我们时代的特征。大家都在自己的岗位上先干起来
再说。电视台的年轻人如此，爆肚冯如此，我徐城北也是如此，甚
至我们周边的大多数人，也不都是这样的吗？时代需要这样的实干。

在这次电视录像的最后，爆肚冯又跟我漫谈了许久。他随手从
桌子上拿过来几张纸，一边回忆一边写下这样一行文字：它们是昔
日前门廊坊二条小吃摊上有名的小吃：

1. 复顺斋的酱牛肉。

2. 年糕王。

3. 豌豆黄宛。

4. 又酥火烧刘。

5. 馅饼陆。

6. 爆肚杨。

7. 厨子杨（年糕、馅饼、汤圆）

8. 年糕杨。

9. 豆腐脑白。

10. 爆肚冯。

11. 奶酪魏。

12. 康家老豆腐。

13. 炒火烧（把晾干的火烧横切为薄片，与羊肉片同炒）。

14. 包子杨。

15. 同义馆涮羊肉。

16. 鸿宾楼（原名祥瑞）褡裢火烧。

17. 德兴斋的烧羊肉与白汤杂碎。

他一边回想一边把记忆写下的。他回忆着当年售卖时的景象与气味，他很受用，绝对错不了。这是他活生生的生活，他在这里尽情享受过的，他永远也忘不了。他后来在这些歇业了的买卖后人中穿针引线，共同组织了一个"九门小吃"的买卖，在北城的一个胡同里，享名一时。原来在17家小吃买卖当中很普通的他，成为十七家买卖的首领。

第六章　灿烂双星汪与陆

　　这一章中讲两位喜爱美食的重要作家：汪曾祺与陆文夫。他俩离开世界都不算久远，二位都擅长谈饮食，各自也都有不少说吃的文章。二位一北一南，主要成就在文学创作，但人们却也记住了他们在饮食上的工夫。这一点不知他们泉下可曾有知？

　　汪曾祺是沈从文的重要弟子，这一点举世公认，这是汪的荣誉，也是汪的责任。他是江苏高邮人，西南联大的学生，解放后在北京文联编小刊物。我母亲1946年在写沈从文的文章中就提到汪曾祺是"当时的新进，很引人注目"。但汪曾祺真正崛起是在1961年写作《羊舍一夕》。《羊》文是单篇的文章，但汪曾祺写得别样，是以散文笔法写小说。而且，是写他1957年去张家口劳动之后的生活，是真有内心体验了。他曾自叹："我这辈子当一回右派，真是三生有幸，否则就太平淡了。"这说法与众不同，但也是实情。他本来是位编辑型的文人，生活可以非常安稳的，不料变成右派。随后恢复工作从张家口回到北京，就要考虑由谁"要"（接收）的问题。当时，幸亏他有一位老同学杨毓敏在北京京剧团当编剧，由杨的推荐，汪也就进入了北京京剧团，开始了一生文墨生涯的"中段"。在此之前，属"早期"，编辑为主，但风采斐然；"文革"结束，汪这才逐渐回到真正属于他的文坛，发表了大量的小说与散文，他成熟文章即在此时。说"晚期"，或言"成熟期"，可也。

我二十几岁时认识汪，他刚进剧团不久，是在他的"中期"。他认真编出反映汉武帝的《凌烟阁》，得不到赏识而不能演出。给李世济写了《王昭君》，演出了但反响不大。我当时还在自寻前途时，汪曾祺的戏犹如一道霞光，照亮了我自修编剧路的前程。他改写了传统剧目《一匹布》，才情是很大的，但因是丑角为主的戏，结果只演了一场就收了。

此期他重要作品是《沙家浜》，京剧行由此诞生出一位天才作家。的确，汪是京剧"作家"而非"编剧"了，他的创作进入了新阶段。当然，这个戏是集体创作，但当中最重要的几段唱词却出自他的手笔，人们不得不刮目相看，不得不刮目相看这个人与这个戏。汪曾祺，从此在文坛占一号了！当然，汪曾祺还在继续，他继续参加了《杜鹃山》的写作，其中重要唱段又是出自他的手笔。但此期间我离开北京去往新疆、河北一十五年，认识并参与我自己的生活去了。

等这个阶段告一段落，等我返回北京，进入中国京剧院的时候，汪先生编制依然在北京京剧团。其时"四人帮"已粉碎，汪先生最初是有些被动，参加过该团让"说清楚"的学习班，"毕业"之后就挂起来，每月照拿工资，但想工作的话，"就请等等了"。我骑车去虎坊桥北京京剧团驻地看他，幸亏他散淡成性，善于自我调节，一切还"好"。这个所谓的"好"，是指还"活着"，照常吃饭谈话拿工资。不久，汪曾祺终于摆脱了这种束缚，公开发表他那独特的小说系列了。他写的是他的旧事，但又以新型作家的面貌出现。他受到海内外文坛的欢迎，他的心慢慢离开了梨园，他虽然悲悯、熟悉裘盛戎等名伶，第一可惜他们已经去世，第二哀乎他们不可能再上演自己的本子，但新时期文学的灿烂前程，给他这位老兵以极大的激励！他完全以作家（而非编剧）的面貌投入了各种活动，包括各种笔会乃至出国……

我呢，编制还在中国京剧院，甚至也因模仿写了不少杂样的文章，甚至也参与部分的作家笔会，与汪先生依然能有相遇的时刻。我以晚辈面对汪先生，他比我年长22岁，这是一个基本事实。但如萧乾那样的老人，总认为汪与我相似而混同起来。我很注意观察汪，也注意阅读他的文章，我先后到过他不同时期的三个家（国会街、蒲黄榆与虎坊桥），我认识他的妻子与孩子，我甚至接触了一次他的儿媳。说来有趣，她曾是北京市委党校的中层干部，后提拔为副校长。当初，汪之儿子每去恋爱，全家都定性为去"听党课"。一次汪之公子临出发前，正在给全家做饭的汪先生忽然从厨房伸出头来问儿子"党课几点？"后来我曾应邀去党校讲课，党校方面派她出面主持欢迎，我知道汪家的这个典故，差一点当面说出，又赶忙闭嘴。

我发现，与汪先生全家的接触是轻松的。汪虽然心思已离梨园，但还不时对我进行指导。一次在大连，吃饭中每人都要讲点助兴的话语，比如我说到王瑶卿当年对四大名旦的"一字评"：梅兰芳的相、尚小云的棒、程砚秋的唱、荀慧生的浪……同桌听者都很入神，独有汪先生对梅兰芳的"相儿"纠正为"样儿"。他说，意思是一样的，但"样儿"更口语化，更能传老戏迷讲话时的神态。我回北京仔细一琢磨，发现汪先生的话是对的。

该说关于吃的正题了。那一时期，我常有与汪先生共同吃饭的机会。他很爱就桌上某个菜肴联系到他人生经历而发出感想，每一次都说得栩栩如生。云南，与他的故乡高邮，似乎是他最爱因之谈饮食的地方。他写过一篇《八方食事》的文章，后来似乎还以此为题，与儿子合作过同题的一本书。

他去过的地方太多，见识过的好的菜肴也太多。他所谓的"好"，就是有特点。他在饭桌上称"好"的菜肴，一定有一个深而泛的文化背景。一次我问：什么是您认为最好吃的菜？他想了想回答：似乎是自己二三十岁时吃过的。后来在另一个场合，他又对我讲：你上次的提问很好，如今我再补充一句，好菜也包括自己四五十岁时见过的。从二三十岁到四五十岁，是人吃东西的最佳年岁，而且最好流动着、间隔着去吃，不要总待在北京上海这些大都市中的大饭馆，要去到城乡之间又近乎城的地方。因为这些地方的菜肴具备了风土（地域）的特征，而又没有完全稳定，还有继续发展的余地。汪先生说话时很高兴，他讲自己准备把这番意思写成一篇谈饮食的文章。副标题就叫"答徐城北问"。

我觉得这是汪先生饮食文化中最重要的创见之一，反而没留意汪先生后来写了这篇"答徐城北问"没有。众所周知，我从中年起就研究京剧文化，但退休前后又转业到对京城文化的研究之中。为什么？因为京剧也是一道很好的"菜肴"，要想真把它的味道提纯出来，就应该把京城与京城的风土之味儿也杂糅进去。您说，是不是这么个道理？

汪先生不吝惜给我写信写字，我收藏的较多，他去世后，我一直珍藏着这些书信。可有一天，他女儿忽然打电话给我，问我有没有他父亲的《一匹布》剧本。我答有，是剧团打印本，另外还有几封书信。她高兴了，都拿去了，不久全集就出版了。我查阅了目录，发觉我提供的比重过大了些。其实与汪先生同辈的人手里，肯定收藏的东西更多。大概是出版社要得比较急，许多前辈处来不及打听或收集罢了。

我在与汪先生越来越熟的时候，又很注意起另一位关注吃的作家陆文夫。他长住苏州，写苏州，吃苏州，外号人称"陆苏州"。

陆文夫，据我考察，他与汪接触不多，因为他是没事不来北京的。他比汪曾祺小八岁，但身体多病，也没有离开故土苏州去交友（含吃饭）的习惯。他离开人们视野还不久远，《陆文夫全集》五卷中的许多篇章，还生动而深刻地镌刻在人们的脑子里。我在90年代才认识了他，这应该视为是我后半生的机遇与幸运。我母亲是苏州人，我因此很关注苏州文化，进而认识了陆先生，这对我认识苏州文化是大有帮助的。陆先生的全集出版在他逝世之后，是出版社主动送了这个五卷本给我。但人已故去，似乎我已没有研究他的硬任务了，但我还是习惯在某些特殊时刻，就要找出《全集》的某些篇章翻翻。起初只是"翻翻"，但"翻"过几次就忍不住要想写点什么。想写，而又不立刻去写，我总希望能看得更清楚时再动笔。我家里存着几位作家的全集，而让我经常不时找出来"翻翻"的作家，大抵只有汪曾祺与陆文夫两位。这似乎又不能说明什么，不过说明他们二位触动过我的灵魂。

　　在中国现代作家中，有过一个特殊的群体，他们如王蒙、邓友梅、丛维熙、刘绍棠、张贤亮、邵燕祥等。他们在反右前崭露头角，成为所在地最年轻的作家，但很快就在"反右"中遭受批判，从此销声匿迹二十年之久，等到1979年"改正"的春风一刮，他们又带着新作重新回到人们的视野。从年岁讲我比他们晚半辈。1980年我调回北京后，这批中年作家大抵各就各位，要么进入中国作家协会，要么在所在省份作协担任副主席。陆文夫也是在这个行列之中，他在运动前就是中国作家协会的副主席之一，他并不在这个岗位上担任常务，他甚至在江苏省作协中也是副主席，但降落到苏州作协，才又是它的主席。他真正管事是在苏州作协名下的《苏州》杂志担任主编。他知道自己不能干什么，又知道自己喜欢什么与能够干什么。他就在这个"喜欢"与"能干"二者当中做出了选择。他主编《苏州》，首先是他全身心地热爱苏州。在那个时期，也不是所有理想都可以放手用心来做作的。独有这个杂志，是各方面人士都由衷欢迎并给予支持的。他尽可以放心、放手来做。于是他也把自己全部的热情与创造力都放到杂志的编辑过程之中。于是也可以说，是陆文夫让这本《苏州》大红特红起来。

那个时期，我是新起作家们热心的注目者。但我有一个独特的脾气：根本不看小说，无论长篇、中篇与短篇。为什么？因为我全部的阅读只限于看各种报刊短文，一是了解动态，二是学习技巧。但我曾在调回北京的初期，一度用心阅读反映边疆当代生活的大型杂志，如《当代》。目的是搜求改编成京剧现代戏的可能性。后来很快我就不浪费这个时间了。原因是两点：一京剧在短期内不可能再上现代戏的题材，因为样板戏已经演"伤"了戏迷的胃口；二如果想反映新疆的故事，那我完全可以自己写，而无需从杂志上"炒"人家的"剩饭"。尽管这样，我内心还是扫视着文坛的衮衮诸公，我指的是1957年"反右"一度倒下又重新崛起的诸位英雄。

在这个行列中，唯一有一个例外，那就是陆文夫的中篇小说《美食家》。它一发表就大红大紫，我得到信息就阅读了，而且十分满意。我不是把它当小说读的，而陆也不是把它当小说写的。因为在这个中篇中，陆的结构非常简单，就两个人物（美食家朱自治与文中的"我"），它没有在谋篇布局上去苦苦经营，而似乎就向读者显现生活的原貌。为什么呢？陆就为了突现自己对于整体苏州的发现与热爱。而这样的结构很方便于一般"很需要知道苏州"的读者的阅读，由于人物设置简单，使得笔锋的流转异常灵便，可以随着人物的眼睛，把苏州应该有的东西，畅快地行文于纸面之上。它的故事也简单，美食家与"我"组成了一对矛盾，他俩解放前就不仅认识，而且"我"每天都在为朱自治服务，为他去采购各种小吃。这种关系从性质上讲是"敌对"的，但同时又是饶有兴味的，这就形成了小说之非常易读。等文章进行到解放前后，两个人物关系产生了变化：朱倒霉了，处处夹着尾巴做人，处境接近于阶级敌人；"我"呢，成长为国家干部，成为一个饭店的经理。时间又延续了二三十年，"我"却变得越来越困惑，几乎被"左"的思想所统治；而朱自治的处境却在显著中变"好"，因为善于吃喝，在人们生活越来越重要，任何人不能回避它，尤其是在天堂苏州。过去种种"左"的限制，也历史地被打破。种种对饮食的束缚，也已经变得大大"放松"了。这都是时代使然。陆文夫自己解说了小说的写作目的。他说：

　　鲁迅翻开了封建社会史之后发现了两个字："吃人"，我翻开人类生活史后也发现了两个字："吃饭"。同时发现这"吃人"与"吃饭"有着不可分割的联系。历代的农民造反、革命爆发都和吃饭有联系。在特定历史条件下，不首先解决"吃人"，那

"吃饭"的问题是无法解决的。但我们在解决"吃人"问题之后，没有把解决"吃饭"问题放在首位，还是紧紧地围绕"吃人"打主意，老是怀疑有人要"吃人"，甚至把那些并非"吃人"并且企图救人的人物当作是"吃人"的魔鬼。社会处于动乱之中，今天你斗我，明天我斗他，后天他又斗我，似乎忘记了人还是要"吃饭"的……

这段话出自《写在〈美食家〉之后》这样一篇文章。但它不是小说出版的后记，而是小说出版受到欢迎后，应读者要求写的一篇"代后记"。这时陆头脑已经冷静，能够客观地分析创作过程以及过程中的自己。因此不妨说，它更多是理性的产物，行文中也力求准确和犀利为目的。如果在创作完成或接近完成时，随之写成的一篇跟在小说后面的后记，那时势必还不能完全摆脱感性，作者不能完全忘怀小说造成的整个氛围。从研究陆文夫的角度出发，当然是我现在引录的这段话更适宜，因为它说得深刻，或者超深刻。在小说的最后，朱自治与"我"重新走到了一起，他们在新的基础上团结了起来。而作为背景的苏州方方面面的文化，也经历了各种矛盾斗争，重新演绎成我们今天能看到的样子了。文章完了，文化感被写得很饱满很充足，我不是作为小说读的，我读到了文化，我得到了享受，于是我深刻地满足了。

此际的我，就处在现实生活中结识并观察陆文夫的那段时间了。

我研究京剧基本走上正轨，我出版了几十本谈京剧的书，成为无论南北都承认的一个小文人。再，关于我个人的种种，包括母系的家族是苏州，也让社会所知晓。在这个背景下，我不时离开京城的背景，也力争到苏州一带走走看看。

我是在两方面的引荐下进入苏州的：一是中国作协的引荐，二是某些老苏州人际关系的"勾引"。后者往往还有更重要的作用。比如母亲早年的老师之一叶圣陶，在苏州有一所房子，无偿地捐给《苏州》杂志使用。于是我一来苏州，就直接进入这所古色古香的院落。当年，是叶老与他的亲家合写了一本很小的书《文心》，叶老用他那一半的稿费，购买了这所拥有七八间房子的小院。

我感慨"半本书就能买一个小院"的事实，《苏州》编辑部也很遗憾苏州作协一直没有给他们房子的事实。我是在小院中认识了它的主编陆文夫的，陆只要人在苏州，基本每天都到编辑部来上班。我不是在会议等正式场合认识陆，这样更好，我一认识他，看见的就是生活中真实的他，反之也是一样。非正式场合有许多好处，可以随便就把生活真实显露出来，比如陆随意把叶老如何赠房的细节说了出来，我由于跟母亲多次到过叶老家里，亲耳听过叶老如何讲话，所以当陆描绘叶的讲话时，我听了就容易感到叶老如在当面。这是一种无声的力量，比直接读书的力量更大。还有，陆陪同中国作协党组的人参观这座小院，并与他们谈话，我在旁边听着。陆是"经过"并"熟悉"正式场合的人，我注意到陆在正式场合与非正式场合说话、做事上的区别。

　　某年我先因一项公差到苏州参加创作基地挂牌仪式，后一半则是私事——去杭州参加"楼外楼"举行的笔会。我是活动的召集人之一。在苏州时，陆不时来陪我们；由于关系越来越近，最后离开苏州时，陆又临时被我拉到杭州。我们由苏州去杭州是乘火车，陆则是乘自己的小汽车。——"陆有公家派给他的车？"由此，我一直闹不清他是副部级还是正局级？这问题既不便当面问他，也不宜从旁打听。它似与楼外楼笔会无关，但事实上又很有关，他拥有一个和与会者很不同的级别！陆在圈里是中国作协的副主席，又可能是国家的副部级干部。而其他来的人，就是"老作家"，都没有陆头上的那些头衔。这问题处理不好，就很让这次笔会"减色"。

　　后来，陆很平和地来到杭州，参加各种"楼外楼"活动都很有兴致。最后临别，他谢绝了"楼外楼"的各种物质赠与，只要了一桶杭州的虎跑泉水。他说，苏州目前的饮水太差，沏不了茶。他还说到了碧螺春这种苏州最有名的茶："不要信市场上到处可以见到的碧螺春，多数都不是真的，它真正的茶树，也只有洞庭东山上的十几棵了。"他给我讲碧螺春的沏泡方法，先倒开水进杯子，然后放茶叶，沏了的茶叶一根根都直立在杯子里，这才是江南所有绿茶中的奇观。在外边笔会上经常可以吃到螃蟹，可他光劝别人吃，他自己从不动手。问他，则回答："我吃这东西太多了，够了！"但他背后也劝年纪大的作家适可而止，螃蟹这东西胆固醇高，吃多了对身体不好。他多次说，在外边住久了想家，想吃老婆子做的"咸笃鲜"了。他始终保持着自我，真的就是真，不真就是不真。

还说我们分两路来到杭州（我们坐火车，陆坐他的小车），又遇到新问题：十名作家究竟以什么安排座次？官场有座次学，"民间的"文艺家们也不是没有。这次笔会是由我这样一个"跨界晚辈"帮助组织的，就更增加了难度。一种，按照作协内部的位置高低为序，陆文夫是副主席，当然是首席；再一种，按照年龄排序，更依照写作年资排序，这似乎更合适。仔细权衡后，把两种方法混合使用，这样，以到会名家黄宗江老为首，同时再以陆文夫为次，这样前两名确定下来，后边就可以随意安排了。

通过这次活动，我算是懂得了一点座次学。陆先生还带来自己的一辆小轿车，他平时尽量与大伙坐面包车，他患有肺气肿，在平地上走得多了些，便需要站一站喘息。如果仅仅是为了照顾陆文夫而在原地休息，那么座中若干年龄大于陆的文化老人会有意见。我正为此事暗暗着急，但陆随时与周边人士展开文化性质的谈话，无形中反倒增加了大家的兴趣。

比如，大家劝说陆少揽一些闲事，一可以使自己休养生息，二也能集中精力再搞一些创作。陆回答说，深谢美意，但唯独有一件很大的闲事我推脱不得，那就是有关部门正在筹备编写一部类似姑苏文化这样名字的大书，要体现诸多具体的苏州文化之源。这件事是领导上让我"抓总"，同时我自己也很愿意去做。问题是我身体不行，如果全身心陷入进去，几年时间一晃就过，我就一点别的事情也不能做了。陆这样一讲，笔会成员几乎个个插话，全都认为这是汇总姑苏文化的头等大事，都说"再怎么你老陆也推脱不得，同时也不该推的"；还有人建议陆只承担下名义上的主编，而选择一名年轻些的同志做具体的实事，陆闻言低头不语。此项建议似乎说到了他内心的深处。陆这样随走随谈，不觉中我站在了他的面前，陆忽然凝视于我："城北——老弟，你愿意帮我这个忙么？"旁边众人一听，轰然叫好，都说我是干这个差事的最合适人选。我不觉有些心动，但又想起研究京城文化才是我的正差，只能遗憾地摇了摇头。陆见状也说："不拉你了，你就好好干你的京剧吧……"

这次活动算是皆大欢喜。分手时别情依依，许多人都说回去要写文章，并且不止一篇。我答应可以代转《杭州日报》，但又说"您诸位想发哪里还有困难？"不知哪位这时插嘴："如果各出一本书呢？"我听了连说"好主意"，但涉及人多，得回去跟出版社商量。结果返回之后，跟人民出版社一说就妥，我当即分头通知，请十位作家各编精短散文一集，限期次月交卷，很快，《楼外楼文集》十卷按时出版，陆先生之《秋钓江南》是其中非常美丽的一集。我担任了这套书的策划，所以每部文稿全都过手，陆先生的稿子是用电脑传到出版社的，文章干净整洁，这一点在整套书中非常突出。

我摩挲着陆先生这本书的封面，特请丁聪先生为陆画的一则漫画肖像十分传神。我不觉中浏览起来，发现不乏新做的饮食短文，比如有一篇《吃喝之外》就非常醒目。作者说他 50 年代在报社采访，一次从郊区返回苏州，路过一家小饭馆恰巧肚子饿了，一问饭店，人家恰巧食品全部卖光，只剩下一条活鳜鱼，喂养在临河的篾篓中，份量临近二斤。作为苏州人的陆知道，鳜鱼接近二斤近乎"老"，可他还是让饭店给他做了。

"二斤黄酒，一条鳜鱼。面对着碧水波光，嘴里哼哼唧唧。落霞与孤鹜齐飞，秋水共长天一色。低吟浅酌，足足吃了三个小时。"

作者在三十年后回忆，他在各种场合吃过无数鳜鱼，有苏州的松鼠鳜鱼、麒麟鳜鱼、清蒸鳜鱼、鳜鱼雪菜汤、鳜鱼圆等。这些名菜都是制作精良、用料考究。如果是清蒸或做汤的话，都必须有香菇、火腿、冬笋做辅料。那火腿又必须是南腿，冬笋不能是罐头装的。可我总觉得这些制作精良的鳜鱼，都不如我三十年前在小酒楼上吃到的那么鲜美。

他还说，有许多少小离家的苏州人，回到家乡之后，到处寻找小馄饨、血粉汤、豆腐花、臭豆腐干、糖粥等儿时或青少年时代常吃的食品。找到了当然也很高兴，可吃了以后总觉得味道不如从前，这"味道"就需要分析了。一种可能是这些小食品的制作不如从前，因为现在很少有人愿意花力气去挣这个小钱，可是此种不足还可以是加以恢复或改进的，可那"味道"的主要之点却无法恢复了。

比如小时候你喝甜粥，可能是依偎在慈母的身边，你妈妈用绣花挣来的钱替你买一碗甜粥……

比如小时候你吃豆腐花，也许是到外婆家做客时，把你当作宝贝的外婆给了你一笔钱，让表姐与表弟陪你去逛玄妙观……

比如第一次你吃小馄饨，也许是正当初恋……

陆文夫展开畅想，把苏州食品背后的文化环境逐一描绘出来。他最后得出的结论是：今天许多人在吃喝方面都忽略了一桩非常重要的事情，即大家只研究美酒佳肴，却忽略了吃喝时的那种境界，或称为环境、处境、心境等等。此等虚词不在酒菜之列，菜单上当然是找不到的，可是对于一个有文化的食客来讲，虚的往往影响实的，特别决定着对某种食品久远、美好的回忆。

陆先生这里提出一个重要的理念：和平时期的吃喝之道，不仅在于吃喝之中（具体的杯、盘、灶、火，如此种种），更在于吃喝之外（吃客的心境、处境、环境）。这"外"又是无所不在的，是时常被管理吃喝的人所忽略的。联系到今天饮食界的大环境，陆先生之语真是一言中的，真给许多做实际工作的人一种点醒。所以我认为，陆的饮食观并没有到《美食家》为止，他后面的题为《吃喝之外》的散文，更用简短的文字直接击中了今天饮食积弊的要害。中国是一个很讲究吃喝的国度，但经常没把力气花在最重要的方面。今天我们吃喝上超越了过去，但也有需要继续努力。这似是陆先生发表《美食家》后达到的新高度。

本文谈了汪曾祺与陆文夫两位中国的顶级美食作家。说到这儿，我想概括地总结两句。我以为，汪先生最精辟的话就是还没写出来的《答徐城北问》，最好吃的菜肴，应该是二三十岁游走世界时吃过的菜肴，又应该是四五十岁自己做出来的饭食。地点半城半乡，又更近城。陆文夫后半生吃过的宴会不计其数，地点又以苏州为核心，但他很真诚地对我们说：最好吃的，还是我老婆子炖的"咸笃鲜"（这是苏州家家都会做的一道菜肴，咸肉、鲜肉加竹笋，三合一在一起炖）。

谈过了汪与陆，最后我想请出"第三者"林斤澜，他是汪曾祺最亲密的文友，在汪去世后的一次追思会上，他第一个发言。先是迟疑了很久，最后则坚决地说："这次，曾祺是参加过四川酒场的笔会回来犯的病，许多同志都为此深深地不平。这不能说没有道理。可是我想，我而且是反复想过，要是没有酒的话，恐怕也就没有汪曾祺这二十年的文章！"的确，汪曾祺、陆文夫这两位美食家晚年身体都非常差，汪的脸色黑如锅底，大约是长期喝酒过量的缘故；陆文夫家有二层小楼，后期衰弱到每天只能定时下楼两次，他力戒各种宴饮，但初期抵挡不住邀请，被动中弄坏了身体。联想到这些，对于美食真有些愤恨，你糟害了多少文人与国民的身体。从这个角度讲，美食引出的负面后果还没有引起足够的警惕与批判。汪曾祺、陆文夫二位先走了一步，我们要不要有更多的人去继续他们的步伐呢？

第七章　饮食文化三写家

写这一章心情是很高兴的。请注意标题中的"写家"二字，原来，我是写为"作家"的。后来一想，古今"作家"的范畴太大，人海茫茫，写谁不写谁难以确定。如果换以"写家"，一可以从俗，二可以更准确些。在现今社会中，那些写小说荡气回肠，直逼人灵魂的人被称为"作家"，而那些手头利落、写作速度飞快的人往往被人称为"写家"。尤其是我这样搞戏曲的人，因为也时常舞文弄墨，但又不能保证每篇东西都能进入人的心灵，所以也时常被人指为"写家"。的确，"写家"没有"作家"大，但必须写得快，必须适应（部分）读者特殊的欣赏口味，算是能满足社会的一点需求罢了。大约属于同类人的关系，我觉得以下三位在我进入饮食文化研究过程中的帮助特大，他们的文章我反复体会过，因此写他们时，也就感到一种特殊的高兴。这在本章一开头我就说过了。

第一位唐鲁孙，他是皇亲国戚，是清室瑾妃的一位侄孙，自幼见惯了大的场面，但很快随着清王朝的覆灭，旧王朝的一切灰飞烟灭。他流落到了民间，不久便谋得一份闲差事，经常到地方上出差，又经常在当地吃饭，不是很高级的职位，但要吃很高级的饭。所以肚子里有积累，但他什么也没说，更没有写。关于饮食上的感慨，他统统埋藏在肚子里。后来，他流落台湾，一直工作到退休。一次偶然机会，写出自己的第一篇文章，结果大受欢迎。此后台湾上升出一颗年迈的"新星"，他回忆北平时代的市井与皇家的生活，涉笔成趣，没人能够超过他，他出版了不少的书，在海外的华人世界中掀起一阵阵的旋风。

在内地，天津百花文艺出版社 2003 年出版了他的《中国吃的故事》，那选编的动机还是很小心的。目录中就可以看出——《皇家饮膳》、《满汉全席的由来、品式、演变与传说》（这是他幼年的经历）、《中国菜的分布以及风味》（内含北方菜、上海、宁波菜、扬州菜、苏州菜、无锡菜、杭州菜、安徽菜、湖北菜、湖南菜、四川菜、福州菜、广东菜、贵州菜、云南菜。民国之后他在邮政部门工作，经常出差去各地，由此见识颇广）。此书一上市，国内读者非常欢迎。

他在开封馆子吃鱼，伙计先领他去看鲤鱼，等他挑定，伙计则问："三吃？您老？糖醋？您老？干炸？您老？"然后当面把活蹦乱跳的鲤鱼摔死。天津人虽然爱吃鱼，但没有卖河豚的，饭馆用河豚的肉做汤，以为敬菜。湖北鱼菜极多，最拿手的是三丸子：珍珠丸、鱼丸、藕丸。他介绍菜有三最：材料最独特的，工艺最独特的，味道最独特的，至于价格如何，那倒不重要。

　　老实讲，看唐鲁孙的《中国吃的故事》时我还是有保留的，因为其中的插图太难于和读者沟通。从好处讲，那些前清时期的真盘子真碗都是老照片，连其中的菜肴也都黑糊糊的，并且硕大无比，应该承认，找到这些照片是不容易的，但直接上书就颇可商量，原因是它不美！甚至把唐鲁孙的文章都糟蹋了。然而广西师范大学出版社的这一批不同，纯文字，没有图片，凭文字就召唤读者，于是这一下行了。唐所谈的内容打动我了。比如《遛弯儿、喊嗓子、吃早点》，这文章从思路上就对，它是从民俗上入手谈京城饮食的，所以它不能不好。

　　其中说到北平早点，烧饼就分马蹄、驴蹄、吊炉、发面小火烧四五种之多。至于油条，油面切成长条，中间划一道口子，用手一抻，炸成长圆形，比台湾一柱擎天的油条既秀气又好往烧饼里夹。吃烧饼果子（即油条）自然要喝点稀的，主要是喝粳米粥，或是甜酱粥，卖这两种粥的有粥铺，也有挑着粥挑子下街的，熬粥都是用马粪做燃料，粥里米粒，颗粒分明，几近融化程度。据说喝这种粥，不但能清上焦的火，而且能止渴生津，一些有闲的遛弯儿人最相信这一套。

　　作者还谈及一个细节：

　　住在西城有钱的闲大爷们，要是爱喝一口早酒，自己到达仁堂带四两五加皮或是绿茵陈，去西单聚仙居吃血馅儿蒸饺。柜上一看您自己带着酒，先给您烫上，外敬一盘虎皮冻，一碟稚枣，这是柜上老规矩。血馅蒸饺又叫攥馅儿，内容包括鸡鸭血、胡萝卜、虾米皮、木耳、香菜、胡椒，虽然没有肉，可是特别滋润，一咬一兜汤。据说这是清代神力王的吃法，那位王爷威武神勇，武功卓越，每天都要到郊外骑马射箭，自然弄得灰头土脸回来。他的饭量又大，有人告诉他吃鸡鸭血，可以把吸进肺部的灰尘排泄出来，所以他每次从郊外回来，都要让厨房给他准备四五屉鸡鸭血做蒸饺。后来流传了出去，这才有了聚仙居这样备受欢迎的血馅儿蒸饺……唐鲁孙还有一个难得之处，文章中常常顺便写一下当地的风俗，比如早年间的济南的某某街，地上铺着石板路，随便你掀开哪块石板，地下的泉水就会汩汩地冒出来！甚至，泉水中还会有几条大鱼跟着出来。这是多么鲜活的"泉城"啊！

例子就不多举。说一个画龙点睛，也足以说明他的难得与可贵了。

第二位是梁实秋。查其生平，因其早期曾与鲁迅展开辩论，所以国内学界一直不大谈他。只是七八年前，一度掀起过一阵"雅舍热"：这"雅舍"是他抗战时在重庆盖的房子，于是成为文人们聚集的场所。我也因之读了梁实秋各个时期的一些作品，很觉得像他这样的一个人，不应该被文学史埋没的。他个人翻译了莎士比亚的全集，这一点功不可没，他活得长寿，许多事一码归一码，应公平客观地看待。我先说他的难得之处。幼年，他生长在北京的一个大四合院中，谈恋爱是在太庙的柏树丛中，面对着灰鹤的起落。他接受北平文化，并把饮食与城市融和到一起，让读者非常容易接受。他到过南方几个大学学习并工作，最后去往美国一住多年，成就了晚年另一段黄昏恋，也完成了他毕生翻译莎士比亚全集的心愿。他写过不少谈北京吃的文章，这件事他个人做了几十年。不容易呀，我们实在不应该把梁实秋淡然遗忘。

他是个老北京人，骨子里充满对老北京方方面面的爱。他这样回忆并讲述他在北京东四的家：

> 老家在北平东四附近的一个四合院中，是距今一百几十年前由我祖父所置的一所房子……一所不大不小的房子。大门不大，浮雕黑字"忠厚传家久，诗书继世长"。打开大门，里边是一间门洞，左右分列着两条懒凳。从前大门在白天永远是开着的。谁都可以进来歇歇腿，一九一一年兵变之后才把大门关上……前院坐北朝南三间正房，祖父在的时候，他坐在炕上，隔着玻璃外望，我们在院里跑都不敢跑。有一次听见小贩在胡同里打糖锣，我们一时忘形，跑了出去。祖父大喊："跑什么呀？留神门牙！"我买了一些东西回来，祖父还坐在那里，叫我进去。问我手里是什么糖。我手里两支，一支黑的，叫狗屎橛；一支黄的，叫猫屎橛。狗的是柿饼做的，后者是杏干做的。祖父尝了，觉得后者为好。等下一次小贩又来，我就替祖父带了一支黄的。

这真是梁实秋与祖父建立亲密关系的开始。

父母带着孩子住西厢房。兄弟姐妹十一个，梁实秋与其中四个，晚上睡一条大炕上，好热闹，尤其到了冬天，白天玩不够，夜晚钻进被窝齐头睡在炕上还是叽叽喳喳笑语不休。母亲走过来巡视，把每个孩子脖颈子后面的棉被塞紧，使不透风。母亲打发他们睡了还有她的工作，她需要伺候公婆的茶水点心，直到午夜……

梁实秋有了这样一个家学厚实的底蕴，以后再进北京的饭馆就从容多了。

他在《爆双脆》中写道：

> 所谓双脆，是指鸡胗和羊肚。两样东西旺火爆炒，炒出来红白相间，样子漂亮，吃到嘴里韧中带脆，咀嚼之际自己都能听到"咯吱咯吱"的响。鸡胗易得，我们常能听到对茶房"要去里儿"的关照。即因为去了"里儿"才能嫩。求羊肚不可得，常用猪肚代替。这就逊色多了。二者都要先用刀横竖划痕，目的是使油的热力迅速进入，这道菜纯粹是靠火候。但两样东西不能一起下锅，鸡胗需时稍久，需先下锅；等随后肚子下去后，再勾芡，颠动炒勺，空中翻几个来回，液体固体一起在空中翻几个滚，这菜就可以出锅了。难怪此地山东饭馆，不敢轻易试做爆双脆，一来材料不齐，二是高手难得。

他在《烧羊肉》中写道:

烧羊肉与酱羊肉不同,味道不同,吃法不同。酱羊肉是大块羊肉炖得烂透,切片,冷食。烧羊肉完全不一样。烧羊肉只有羊肉床子卖。所谓羊肉床子,就是屠宰售卖羊肉的店铺。店铺全是回教人的生意,内外清洁,刷洗得一尘不染。大块五香羊肉入锅煮熟,捞出等稍干,入油锅炸,炸到外表焦黄,再入大锅加酱加料油焖煮,煮到呈焦黑色。取出切条。这样的羊肉,外焦里嫩,走油不腻。买烧羊肉时不要忘记带只空碗,因为店家会给你一碗汤。其味浓郁无比。

他在《瓦块鱼》中写道:

曾请教过厚德福的陈掌柜,他说得轻松,好像做瓦块鱼没什么诀窍。其实不易。首先选材要精,活的鲤鱼鲢鱼都可以用,取其肉厚。刀法也有讲究,鱼片厚薄适度,去皮,而且尽可能避免把鱼刺切得过分碎断。裹蛋白芡粉,不可包裹面糊。温油,炸黄。做糖醋汁,用上好藕粉,比芡粉好看,显着透明,要用冰糖。乘热加上一勺热油,取其光亮,浇在炸好的鱼片上。最后撒姜末,就可以上桌了。

他在《蟹》中写道:

北平吃螃蟹唯一好去处是前门外肉市正阳楼。他家的蟹特大而肥。从天津运到北平的大批蟹到车站开了包,正阳楼先下手挑拣其中最肥大者,蟹到店中蓄养在大缸里,浇鸡蛋白催肥,一两天后才应客。我曾掀开缸盖看过,满缸的蛋白泡沫。食客每人一份小木锤小木垫,黄杨木制,旋床子定做的,小巧合用,敲敲打打,可免牙咬手剥之苦。我们因是老主顾,伙计送了好几副这样的工具。这个伙计还有一个吃活蟹的绝招,请他表演他也不辞。他取来一只活蟹,两指掐住蟹盖,任它双螯乱舞,轻轻把踏揭开,然后折碎入口大嚼。看得无人不惊,他却连夸味道鲜美!在正阳楼吃蟹,每人一尖一团足矣。然后补上一碟烤羊肉夹烧饼而食之。酒足饭饱之际,别忘记要一碗汆大甲,这碗汤妙趣无穷:高汤一碗煮沸,投下剥好了的蟹螯七八只,洒上香菜末、胡椒粉和切段的回锅老油条。除了这一味的汆大甲,没有别的羹汤可以压住这桌螃蟹的阵脚。以螃蟹始,以大甲汤终,前后照应,如同一篇起承转合的文章。"

他在《芙蓉鸡片》中写道:

北京饭馆跑堂都是训练有素的老手。剥葱剥蒜剥虾仁的小利巴熬到独挡一面的跑堂，至少要三十岁左右的光景。对待客人亲切周到而有分寸。在这一方面东兴楼规矩特严。我幼时侍奉先君饮于东兴楼，因上菜稍慢，我用筷子在碗边敲了两响。先君急忙制止我说："切不可，这是外乡客粗鲁的表现。"你可以高声喊人，但敲盘碗表示你要掀动桌子。在这里，要是被柜上听见，就会立刻有人出面给你赔不是，而且那位当值的跑堂就会立刻卷铺盖。有人会把门帘高高卷起。让你看着那个跑堂扛着铺盖从你门前急匆匆过去。不过，这属于表演性质，过一会儿他又从后门被召回。

梁实秋就是这样一个中年之后来到美国长久居留的人。他吃中国菜，也吃美国饭，他长期教书并翻译莎士比亚，终于一个人译完了莎翁的全集！他说自己"生平最怕谈中西文化，也怕听别人谈。因为这涉及范围太广，一己所知有限，除非真正学贯中西，妄加比较必定失之简陋。但是若就一具体问题作一探讨，就比较容易判断。我们中国人初到美国，撑大的胃部尚未收缩，经常在半饥饿状态，但讲究饮食的品位和精致的习惯尚未忘光，看到罐头产品就可能视为'狗食'，以后纵然经济情况好转，也难于跻身于上层社会，更难得有机会成为一名'美食者'。所以批评美国的食物，并不简单。"他这样推断："我年轻时曾大胆说，以为我们中国的烹饪一道的确优于西洋，如今我再不敢这样的过于自信。而且我们大多数人民的饮食，从营养学上看颇有问题。平均收入百分之四十用在吃上，这表示我们是够穷的，还谈得到什么饮馔呢？研究调和鼎鼐的人，又花费太多的功夫与精力。民以食为天，已经惨够，若说是以食立国，则宁有是理？"

以上所引这篇文章，梁实秋发表在1972年，不知他针对什么谈的？他实际是个中西合璧的人，前半生在中国，后半生在美国。翻译莎翁全集是在美国最终完成的。当发妻去世之后，没几年他偶然碰上了一个女影星，年龄上相差了二十岁还多，但二人迅速结合，梁实秋又上演了一部黄昏恋。他谈吃，主要是在离开亚洲的年月中，为了消除寂寞，才写下了不少的饮食文字。其实在他思想深处，对异国的一切还是深知的，也通过其他途径有所表达。不过，咱们这里仅仅是谈吃，而且是谈中国人的吃，所以其他的也就无从涉及了。

下边，该谈谈第三位写家——当代香港写家蔡澜了。蔡与我年纪相仿，自然是唐鲁孙与梁实秋的晚辈。他本是电影界人，在邵氏的产业里担任制片，因此他很风光，认识许多的电影名伶与文化名家。关于吃，他几乎是无师自通的，说着想着就写了起来。他写书算是毫不费力的，轻轻松松就写了八十几本书。四五年前在香港，有一家出版社包装他，让他一次书展就展出二三十本新书。试问书名怎么起？他蔡澜也有绝的，第一本叫《一乐也》，第二本就叫《二乐也》，随后《三乐也》、《四乐也》直至《九乐也》、《十乐也》。书的第一批出了十本。我不知道十本之后，第二批的名字又该怎么起了。蔡澜请一位专职女画家给书插图，画书中写到的形形色色的人，也包括他老蔡自己。画是夸张的，每个人都油头粉面不太正经。老蔡谈起他的书，就眉飞色舞不停嘴。他跟我一样，也有多年的糖尿病。可他吃饭照样还吃甜的，饭后则扔一粒白色药丸在嘴里，还说"没事了"。我拿过来看，丹麦产，说明书上画着一个骷髅！他告诉我，这是降血糖的药，饭局中吃了甜食会升血糖，现在马上降它一降，不就平衡了？随之哈哈一笑。我正色告诉他："你问了医生没有？这是拿你的身体做试验！"他叹气说"没办法"，每天每旬每月追着他出去吃的人只见增多，怎么劝也不管事。

比如老蔡每月都领着一个班的人去日本"旅游"，"旅游"为什么打引号？去日本既不爬山也不游水，只是变幻地点换着吃！通常，老蔡每月去一次日本，每个团四十人。可上月冒尖了，多到七十人，快到开两班的了！老蔡一咬牙，第一团结束，他在日本送大家回香港，他本人则在日本续租了客房，直等第二团的到来。老蔡跟我说，他有个好朋友是做日本旅游的邮轮生意的。每次坐他的船，比其他的船要好，同时也更便宜。

老蔡是敬业的，每次去日本的路径都不重复，这次吃过了的，下次绝不再吃，包括他带人住过的饭店，下回肯定要另换一家——所以他经常要去日本实地"踩"新的路线！据说，老蔡的这类团的生意还是非常踊跃的，时常这月的"团"在中旬就客满了，老蔡只能安慰没登记上的朋友说，"不要紧，下月您早一点，准行。"老蔡在香港是大名人，他有那么一个三层楼，每层分割成许多小间，每个小间都被出售各种食品的商贩租用。这个楼名叫"蔡澜食坊"，房子买的还是租的不得而知，但各个小间的主人在这儿做生意，就必须付给蔡澜租金。这也足以说明他的市场威力。

您或许奇怪我为什么没引蔡澜的文章，我告诉您，很难大段大段地引，不引大段，就引书中的短句了，试翻几页，可取。

他在第一集第一篇《让我携着你的手》中说：新加坡给你的印象，如果只是乌节路、飞禽公园与圣淘沙，那就太过于单调了。（我仅仅在北京吃过圣淘沙茶餐厅的饭）第一件事当然是先找东西吃。到华侨银行六楼停车场旁边的"茗珍"，大吃一顿福建炒面，福建炒面基本上属于湿炒，和广东那边的完全不同。酱汁入面，味道浓郁，配料多，连吞三大碗，面不改色。此等美味，香港难寻。（我吃过许多地方的炒面，但没吃过福建的炒面。我脑子里转悠的是它的地理环境：六楼停车场的旁边！这是个高空中的小吃店了，应该是什么样的规模与陈设？我因为没去过新加坡，所以联想多多。）

他在《蒸鱼》中说：

> 日本人拿鱼去烧，始终太过原始；美国人煮鱼，暴殄天物；英国人把鱼炸了，吃得喉肿；法国人将鱼滚汤，肉质已变，完全不如蒸鱼的原汁原味。
>
> 不会烧菜的女人常问我："到底要蒸几分钟？"废话，鱼

的大小，鱼身的厚薄，没有一尾相同，看是什么鱼，要蒸多久，全看经验，失败了重新来过，蒸坏了十条鱼，自然知道要蒸多少分钟。

他在《煎蛋》中写：

> 最烦把放久了的鸡蛋煎来吃。反正大家都怕胆固醇，不太吃鸡蛋了。要吃，当然得买最新鲜的。九龙新街市左边进口第二家有卖。但是一买就要五十只，有自己吃不完的分赠邻居，是最便宜的礼物。……煎荷包蛋的学问在于时间，现代人一忙，绝对煎不出好蛋来。煎得最美味的是泰国街边的小贩，用一个小炭炉，慢慢地煎，煎到蛋白发出细微的泡沫，又酥又香，而蛋黄还是软熟的。

他是把当地风情与人际关系融进美食中，形成了别俱特色的风格。他的文法是香港的，乃至东南亚的，和梁实秋与唐鲁孙的没办法比。我对老蔡的环境不了解，所以很难介绍得深入。但中央电视台请老蔡来过好几次，每次做嘉宾他话都不多，显然，他们之间还处在磨合阶段。但他的文字是有市场的，有一年书市我恰在香港，他带我去逛，一路都有他的粉丝请他签名，我是亲眼看见的。记得那天他要来接我，电话中问我住在哪儿，我回答在某某旅店，他说你在大堂等我。少时，他坐着一辆足够豪华的小车来了，接上我先去陆羽茶社吃点心，果真是点心，但也足够了，于是又一道去香港书市，地点就在新盖的金莲花会堂。在那儿，他的书有售，他签名不送。看完书展，他讲明天去澳门，就和我分手了。不久，金庸大师参与什么活动，只见老蔡前后张罗，忙个不迭。老蔡的眼睛很活络，随时关注着香港的每个角落。

最后，我还想仔细谈谈"作家"与"写家"的区别及联系。前者是个冠冕堂皇的词汇，被称作"作家"的人，一定是人类灵魂的工程师，一定能够指点并点拨社会中的芸芸众生。而"写家"则太普通了，他本来就是最普通的一员，不过喜欢耍一耍笔杆子，舞文弄墨，发过几篇文章，蔡澜说"实在没有什么大不了"。这话诚然是对的，但也只对了一半：作家通常是现代意义上的，以感性饱满为骄傲；而写家则是过去时的。但从读者的认识看，还是过去时的写家最贴心最亲切，并且同样以知性为基础。就我个人而言，是特别欣赏蔡澜的。您想，一般作家如果有了创作的冲动，他可以也必须回到书斋，"坐拥书城"，先美美地享受一番，然后再刻苦用功，企图赶上或超越自己那些前辈。但蔡澜似乎没有这个过程。他很忙，甚至是太忙了，一个月要带两个团去日本享受美食。他时时都在参与并创造着，他拥有着最大的快乐与创造。在他前边并没有现成的美食的"书"，一切都需要他随时的创造与归纳。等回到"蔡澜食坊"时，又到了他认真总结与发挥近期心得的时候。这时，他或许摇身一变，另一个活泼生动的蔡澜又出现了。

他曾在中央电视台谈他见过的种种美食（大多是从香港辐射到东南亚一带），主持人问他：对不起，请问您吃了几乎一辈子，记忆之中，您以为最好吃的东西是什么？蔡澜很敏捷地回答："那就是妈妈做的饭食，一切一切的……"他赢得了掌声。这是机敏所致，也是心声所致。此刻用什么花哨的语言，也比不上蔡澜的归纳。现在南方的一些报刊，凡是谈美食的版面，都习惯用蔡澜深入民间的照片，作为版面的刊头。他是一个神了，饮食方面的神了。他深入东南亚饮食的前沿，他的每一次美食探寻，都能带给食客们舌尖的享受。通常的美食，多是延续了多少代的积淀，而蔡澜这里，多是现在进行式的，生动，新鲜，但还不完美，大家都是人，不是神。究竟是人美还是神美？作为无神论者的我们，自然是倾向前者了。

还回到美食家的问题上来。还回到作家与写家的差异上来。就读者言，写家是真正的自己人，他们的作品最贴心也最好看，他们作品的数量大，同时从生活素材变成作品的速度快。这，似乎才是写家最可贵的地方。从目前讲，全球化、通俗化是文化市场风起云涌的大风潮，通俗文化（其格调也控制不住地趋向低下了）势不可挡。在这样的大背景下，倒是严肃作家的日子难过了，也使得写家自我提升的机会来到了。所以我最后向现今写家们进一言：该你们努力啦！好好地把握时机，脱颖而出吧！

第八章　西医直言费考量

　　北京最好的医院称"三甲"，次一些的称"二甲"，再底层的称
"一级医院"，似乎就没"甲"了，但中医医院似乎不进入这个序列。

　　若进三甲医院的食堂看看，通常中午供应自助餐，医院也会给
医护人员一些补助，吃得比较好，但主要是卫生。仔细看看吃的内
容：有炒菜，也有凉菜，主食至少有米饭、馒头与粗粮数种。医护
人员安静地吃完饭，又安静地走开，中午医院休息一个半小时，他
们通常在半小时内吃完，还可以找地方休息片刻，以便以充足的体
力投入下午的工作。

　　医护人员是全社会在饮食问题上的模范。他们一定饭前洗手，
仔细洗。他们知道自己是从什么地方赶到饭厅，他们知道自己白皙
的手上必然沾满细菌。因此他们洗手既迅速又规范。吃饭就是吃饭，
一定用自己的碗，使完洗净再放在原处。他们很少喝酒，饭毕就更
不接触烟酒，那不是好东西，是"坏"嗜好，把一个原本好端端的
人变得满身毛病，从精神到肉体，真是害人。对他们而言吃饭就是

补充能量，吃饭只是他们这一天工作中的一环，很普通又很重要。他们多是以工作的心态走进医院的食堂，"完成"这一顿后再经过休息，目的就是迎接下午的工作，至于晚上吃什么与怎么吃，在中午是不能考虑的。他们的午餐，一般进行得无声无息，整体上安静有序，几乎看不到有人喝酒助兴，您从不会看见医护人员醉醺醺地进入下午或晚上的工作的。医护人员的工作很单调，长时间周而复始地循环重复，然而他们默默接受了这一切，在平凡中实现了伟大。他们家庭生活中的饮食也相对简单，干净是第一位的，随后才是营养与口味。或言之，他们看重营养更高于口味。他们似乎一眼就能透过绿色蔬菜看到它们的营养成分。

医院当中的高级医师，尤其是营养学方面的高级医师，或者某些专科中的高级医师，他们对于某些食物则可能"嫉恶如仇"。他们很关注患者体检中的各项指标："你血糖高了，怎么还不注意？""你血压这么高，饮食上更不能放任自流！""你血脂高得可怕，要立刻采取措施！"他们有时候比较机械，认定指标代表着一个人的生命状态。我甚至在电视节目中看到某三甲医院的著名医师，出示了一张表格，四围是危险的红色，中心由黄转绿。他很坚决地说："这就是您的生命状态！这绿色代表健康，红色代表危险的脑出血、脑血栓、糖尿病等，黄色代表中间状态。人的一生，也就是由生至死，也就是从中间的绿色一点点走向边缘的红色。现在你身处黄色之中，一种可能是变好（事实上真正变好很难），逐渐转回绿色；再一种是变坏，很快地转向红色。生死大事通常会经由诸多小事来实现。比如我吃了许多油腻食物，这明显很不健康。它沉积在我的身体里，等于是埋入了定时炸弹。怎么办？一种是我不在意，听之任之，说不定什么时候它自己就炸了。再一种，我要及时排除，回家就绕弯进入公园，多跑 3000 米，我把这些多余的脂肪都给消耗掉了。这等于我当了自己的工兵，自己为自己排除了险情。您要想活得长，并且保持健康状态，没有别的办法，就得像我这样，每天都跟自己算账……"

还是那个电视节目，旁边的一位医生接着指着图说："画这张图，并不是为了吓人，恰恰相反，是为了救人。目前人们的生活，不科学的饮食还太多太多，更加危险的是，为不科学的饮食做的广告，还极多。我没有别的办法，只能站在自己立场上跟他们斗争。但非常可惜的是，但凡到我这里来的朋友，一般都是患者，许多人的病还相当不轻。我本来想对年轻朋友做些劝告，无奈，只能用这样足以吓人的图来警告患者了。"

甚至，这位高级医师还说："有了这张图，我随时就可以告诉你：您大概可以活到多少岁。您还别不爱听，如果您听我的话去刻苦锻炼，大概可以多活一些时间；如果还是放开嘴瞎吃，就像电视广告中'吃嘛嘛香'那样，您的生命很快就要结束啦！就这一点讲，我对拍摄这条广告的电视台都有意见……"

这些都是危言耸听吗？有那么一点。但他句句是实话更是忠告，您如果病到这个阶段，就不得不听，等你的病再向前发展，那时想听也晚了。

环顾我们今天的电视广告，仔细看一看那些谈吃的节目，经常是某饭馆找上门来，要求电视台为他们做宣传。只要电视台肯做，他们可以付出高昂费用。看了这样的节目，觉得危险很大。年轻的主持人几乎一上来就说这个菜肴如何好，一边嘴里吃着这些不要钱的佳肴，还显出很享受的样子。但请看电视中的现场表演：几乎每个菜都全部用油炸过，那油在锅里翻滚，油烟四溢，可能很有香味，但仔细检验其中的各项指标，那就非常危险甚至是罪恶了。这些主持人还年轻，身体的底子还好，今天这个馆子吃几口，明天那个小铺吃几口——电视台做节目，当然都是白吃（甚至还拿回扣）。可是如今的多吃积累到一定程度，最后来个总爆发，那主持人就受不了啦。因此，我很悲悯这些年轻人的无畏，他们很可能害了观众，到头来也害了自己！

大约前二十年，我刚刚接触全聚德的时候，就感觉出全鸭席有个问题：怎么都是用鸭子身上的下水（内脏）做菜？你们不是非常欢迎港澳同胞么，人家肯不远万里进京品尝烤鸭，但不等于会放弃拒吃动物内脏的习惯。动物内脏有许多超标的成分，严重危害人体健康，港澳同胞不吃是对的。当然，全聚德后来在实践中也印证了这一点，做出了一定的改进，今天全鸭席上使用内脏的菜，似乎只有"火燎鸭心"这一道没有脂肪的、属于创新的菜肴，同时又无足轻重，顾客可以选择不吃，其他菜肴就完全把食材健康摆在第一位。今天的全鸭席，早就赋予了它全新的内容与创造。

其实个别菜肴使用下水还无伤大雅，就我们北京的小吃而言，几乎使用的全部都是下水，你说它们应该怎么办？比如爆肚冯，比如（卤煮的）小肠陈，比如……在过去长期的封建社会里，小手工业者生活在社会的最底层，他们要生活，就只能选取这些最便宜的原料，以之为底层老百姓去服务。或许口感不错，但口感不等于营养，营养也不是越多越好。

一切都需要适可而止，任何事情都不能过分，这是辩证法，任何事情都应该遵守这个辩证法。以我自己为例：幼年也吃过这些食品中的一部分，后来长大了，身体出了毛病，才知道再不能吃这些食品了。我曾很为难，因为在我研究饮食的过程中，业已认识了好几家小吃的原创人，他们和我交了朋友。我更懂得了他们生活与创业的艰辛。我想回避这些小吃不是营养食品的问题。我自己不吃，但不能反对别人去吃。因为这些小吃还要流传下去，这些小吃的家庭还要以此为生呢！当然，时代在不断进步，这些小吃的市场只能逐步缩小，欣赏这些"玩意儿"的"80后"或"90后"的人数也在萎缩。这是时代使然，是没办法的事。我发现，原创人的第一代依然在做这一行，但他们的第二代就未必来做了。一因为它买卖太小，二因为它不科学不卫生，从长远观点看没前途。老人们或许悲哀，但又有什么办法呢？

　　什么时候说吃都是小事。小事虽小，但会影响人的身体，就不再是小事。吃貌似小事，但实际不小。你高兴时得吃饭，不高兴时也得吃饭。你不这样吃饭，就得那样吃饭。尤其在今天的城市里头，吃饭似乎不成问题，不想自己做，饭馆路边到处都是，你可以这样吃，也可以那样吃，你可以与这群人为伍，也可以与另一拨人搭伴。不知不觉你就走上了其中一条的吃饭之路。某一顿吃好了，你会"发福"；某几顿你没吃好，精神会变得萎靡，甚至久而久之，就会影响你的身体。

　　饭局中的食客最不易把控自己。吃饭属于"甜俗"的场合，耳朵软一些，就分不清好话坏话。旧社会吃饭也在饭铺，小人物遇到小人物，但这里的小是直接连着真的。如今吃饭的场合更复杂，各种游乐场所，各种闲杂人等，出出进进，纸醉金迷。好人进入饭馆尚且头昏，何况意志不坚定者？何况动摇而糊涂的人？被拖下浑水，一旦下了浑水，再想上岸就难了。所以遇到意志软弱的人，还是少到饭局场所，不如在家吃一碗安乐的粗茶淡饭算啦。

　　毛主席从前说过，革命不是请客吃饭，这话很对。但前些年执行得太机械。最近有人正话反说，"革命就是请客吃饭"云云，我们不截然反对请客吃饭，但也不提倡过多在外边吃饭，饭局太多了也未必是好事——这是让无数的事实所证明了的。前些年，在宴会上常有一些善于调笑的人参加，有了这样的一些人，经常能调节宴会的气氛，能够为酒宴增加调笑。古代词牌有一支"调笑令"。当然如果气氛过于呆滞，唱唱它无伤大雅。但是，如果宴会有严肃的主题，"调笑令"还是不唱为好。

前十年、二十年之间，我也参加过文化界与商界的一些宴请，所谓"美食"也接触过一些，我还曾离开北京，应邀光顾过一些地方的名菜馆老字号。如今一是老了，二是病了，三是没兴趣了，就安安稳稳在家吃一碗安乐茶饭吧，每天下楼拿一拿报纸，在小区花园散一散步，看一看新闻，关心一下周边的世界，也吃适量健康的食品，安泰地走向人生的终点，这不是很自然又很好的事情么？

为什么不谈中医养生，只谈西医保健呢？我不是有成见，而是接触不到真正高明的中医。自己看病得考虑报销，而我定点看病的那个三甲医院的中医科似不是北京最好的，且我的病通常需要做各种化验，需要依靠各种先进的进口仪器，因而我接触所及，也多是西医朋友。我是爱交朋友的，因此常听西医们讲养生，这样时间一久，积少成多，也就形成了我自己的看法。再次强调，不是对中医有成见，而是没机会接触。比如近年在电视上大大走红的孔大夫（孔伯华之子），不仅能看复杂的病，而且在个人养生上也有一套，他会打很传统的拳术，继承中还有发展。但他在电视中说并演示着，我们则只能在电视机前观摩。心向往之，但无缘亲近，奈何！

第九章　意外收获丹麦行

2009 年 10 月，我得到一个去丹麦的机会，从北京坐飞机出发，10 小时到达，回来也是直飞，8 小时 20 分钟。

丹麦属于北欧国家，那边几个国家的经济情况都不错，国民生产总值很高，但人口极少，富裕得了不得，但又有些寂寞。出机场时四望，哥本哈根来往客机很多，机场的气派很大。

我在飞机上对北欧人有了一些认识，一般都是人高马大，腰围比我们胖子的还可怕，坐进公务舱宽大的沙发座，结果被塞得满满。人家的饮食比较粗放：黄油、甜点、奶制品，供应敞开，他们对自己也很敞开。主食则有一种很小的面包，甚至可以说是面疙瘩，趁热时吃，散发出麦子的芳香。

去时靠窗坐的一个北欧小女孩给我留下很深的印象，大约四五岁，跟着她的爸爸和妈妈。我不能确定她是不是丹麦人，小女孩一头黄发垂落下来，很长了。我开始注意她时，她正拿着一本儿童读物考她的父亲。父亲坐在她的对面，两只脚大约嫌鞋里闷，便甩开鞋让它自由着摆放。有其父也必有其女，女儿干脆光着脚，脚指头直抵在父亲的膝盖上。她按照书的内容提问，父亲信口回答，每次都是父亲赢，女儿则信服地点点头，大概心中钦佩极了。问了足有半本书中的问题，也没考倒父亲，最后不耐烦了，把书本一合，站了起来，到后排找她妈妈去了。走时，用嘴亲吻了一下父亲，还"啪"地响了一声。她很柔顺地倚靠在妈妈肩膀一侧，坐着坐着就向下"出溜"，可能是刚才考爸爸花费了太大精神，现在困意上来了。妈妈帮她脱去上衣，里边只穿一件贴身的单衣，身子一倒，就趴在窗口呼呼入睡了。妈妈怕她着凉，找乘务员要了一条毯子给她盖上。最后临下飞机，母亲忙着给女孩穿外边的大衣，父亲则从前一排递过女儿的鞋，是刚才念书时脱在那里的。

乘务员送吃的来了，一路上我们可吃了不少。有正餐，更有丹麦本国的小点心，如很家常的馅饼之类。女孩儿的爸爸很爱吃，馅饼来了一口一个，最后把妻子与女儿的份内都吃光，还独自跑到机尾乘务员那里，多要了几个填肚子！这趟航班的馅饼是很丰富的，机尾上有烤箱，他们能把刚出炉的烤面疙瘩送到乘客面前！松软，芳香，面上仿佛还沾满了面粉！真是最最好吃的空中食品！我吃过份内的一个，向乘务员又要了一个，不久去机尾上厕所时，看见食物筐摆在那里，于是又"顺"回一个。我怎么变得这么馋了？我问我自己，心里不禁笑了起来。

到达旅店，紧邻河边，本身是座古堡，每个房间大小不一，在装修得十分漂亮的天花板与墙壁之间，又人工装上粗大的原木木梁。纯粹是后加的，但人家就要的是这个味儿。更加奇怪的是，旅馆里不供应饮用的热水，从水管里放出的温水只能洗澡洗衣服，如果旅客想喝开水，自己带开水壶自己烧。如果想喝茶，茶叶也需要自备。但在楼道弯曲的走廊中，设置了开水的饮用器。你拿空杯子去接，也很方便。

我们是来开会的。按照合同的约定，来往旅费由中国方面负担，比如我们坐的公务舱，来回每人三万多。我在中国不算瘦人，但坐进公务舱的沙发座中，四围空荡荡的，可惜它那么宽大的座位。我寻思，其实像我这样的胖瘦，坐经济舱足矣，省下的钱干什么不好？合同还规定，抵达哥本哈根后的旅馆住宿以及一切的吃喝，都归对方负担。旅馆的硬件从我来看，应该在三四星宾馆之间。说到吃，早饭由宾馆供应，一切与国内的四星级宾馆无异。人家都是本地采集，材料新鲜，都觉得"是那么回事"。没有当场的炒鸡蛋，更不用问"您是要老点还是嫩点？"为了避免炒时的油烟。只供应煮鸡蛋，可以煮老点，也可以煮嫩点，单准备了一个塑料制成的搁煮鸡蛋的"托儿"，工艺品一般，价钱不贵。

至于正餐，千篇一律。都是西式的肉食，而且都是凉的。欧美人用餐，一个个习惯用刀叉，端着盘子去到摆放主食的餐桌旁，取了一次，端回到自己的座位，默默地舞动刀叉，专心地吃起来。吃完眼前的这盘，如果觉得不够，就端着空盘子再盛一盘。合同规定，食物及宾馆费用由外方支付，标准他们心中有数，再怎么吃也不会超支，用不着客气。唯一让我们惊奇的，是他们的安静进餐。咱们中国人喜欢热闹，熟人坐在一起，更是什么话都讲，嗓门还特大。人家呢，都遵守餐厅里的礼节。进餐时一般不说话，熟人也只是礼貌地点点头。有时吃完饭的长者或领导，会把身边的人（吃完的与正在吃的）招呼到身边，开个临时的小会。座位就是四方形的餐桌，但可能坐了五个或六个人。我觉得不习惯了，按照中国习惯，四方桌至多只能坐四位，每面一位。坐在最里或最中间的为长者（或领导）。而他们没有这个观念，正着的，斜着的，甚至还有整个身子侧着的。我心里有些感慨，想起中国一句古话：不成规矩，不成方圆。但眼下是协商的世界，我们不远万里来到北欧，就是谋求一种和谐。至于"站有站相，坐有坐相"，都是上世纪北京梨园内部的规矩，跟人家根本说不着。

中国客人当中，大约只有我非常适应。各种肠子，各种肉食，我都能接受。唯独有一点不如中餐店的，是它不供应汤。几天吃下来，中国客人叫苦连天：后悔怎么没带方便面出来。后来应邀到中国大使馆吃了一餐，使馆尽心尽力招待了，大伙嘴上称赞，可内心觉得还是异化了：打着中餐的旗号，实质上是西化了的中餐。倒是会议当中参加了当地几个商会的宴请，这是主办方"化缘"化来的——菜肴比会议饭来得丰富，更重要的是，商会准备了"余兴"的小节目，比如请一位丹麦女士演奏了宋代姜白石的《白石道人歌曲集》当中的作品，据我们中的内行说，国内目前找不出这样的演奏家。

在开会的空隙，我有时忙中抽闲，去会场其他房间闲逛：都是一个又一个的展室。我们这个会租用了其中的大部分，但还有若干准备干别的用。穿工作服的工人来往穿梭不停，布置完这边又开始装饰那边。我观察着他们——一是年轻，二是敬业。从不谈笑，总是奔忙。年纪那么轻，但剃光头的极多。出了汗，随手一抹，再往工作服上一蹭，就得。他们相当于国内的壮工，手里也拿着专业器具。但绝对不是刀子、钳子、磨刀之类。他们的工作多属拆了这儿再装那儿。所以无非是扳子、螺丝刀以及变种。他们都已成为熟练工种，干活中有分散有合作，无论怎么干，彼此绝不闲聊天。这真是比北京人强得太多，当然，北京人就是有一个毛病，俩人碰到一起，不管认识不认识，稍微熟了一点，就立刻开聊。交情怎么样，就看聊的结果！中国人嘴巴上的功夫实在厉害，这在世界上首屈一指了吧？

看着眼前这些体力劳动者的身影，让我忽然记起一位国内中医科针灸大夫讲的话，她说自己曾在欧洲行医多年，发现人家那里很少有人得脑血管的疾病。人家饮食中含油脂远比我们多，但就是不得病。什么道理？她说自己也琢磨过——或许呀，第一，是人家的劳动更剧烈，吃再多的油脂也给消化掉了；第二，或许是人家民族几千年生活在那里，一方水土养一方人；或许还有第三，人家不管有钱没钱，全都活得悠闲。哥本哈根城市中心有一条河，码头上经常能遇到晒太阳的老人，老人时常还带着他心爱的狗，这情景很入画，能够两三小时一动不动。我想为"老人与狗"摄影，但又没敢，据说这样做必须先征得人家的同意。

在临走的前一天，我们去安徒生的故居参观。坐特大的轿子车，从哥本哈根向东走两个小时，来到一个小镇，几乎没人，但是有一排排整齐的住房。房子虽是大致一样，细看，每一所都各有特点。大门紧锁着，我们趴在门缝往里望。发现每个窗户都有花，是非常简单的草花儿，生长在简单的花盆里。花的摆法很特别，好看的一面向外，因背阴而较差的一面向里，也就是向着主人自己。他们这个镇，每天不知要来多少游览的客人，他们也习惯了，他们就生活在安徒生的巨大光环下面，但他们更习惯了安静：安徒生是安徒生，自己则只是自己！安徒生给家乡带来荣誉，这当然好，但后人绝不躺在先人头上，后人要吃自己的饭。安徒生是整个丹麦的第一号名人，但在这里，安静似乎比任何名人都更重要。我们参观了故居下属的商店，里头卖各种纪念品。我仔细看了，不错，纪念商品也很有节制，设想如果我们自己要开发安徒生，不知道要搞成什么样子呢！不管什么时候与什么地点，人家总是安安静静的，非常本分，不虚张声势，不假借虎威。

参观过程中，我肚子饿了，想找个地方吃点东西，但到处打听，附近居然没有一家可以吃的店铺。真真是奇了，要是在中国，可开发的买卖多了去啦，游客既然如此多，还不早早开发，早早就发了大财啦。同伴们一头陷进小卖部，想把发的零花钱（每人50美金）都扔在那里。我仔细看过，觉得确实没有可花钱的地方。心想50美金带回去吧。但忽然发现一种小花伞，伞面上有几个图案，画的都是童话中的故事。我想起楼下邻居，一对中年夫妇，刚有了一个小女儿，八斤多一点，两个月大。我和妻子想了很久，都没想好送人家什么东西。我下决心了，买这把小伞吧。让女孩的爸爸（他是电影导演）趁早给女儿讲安徒生童话，等小女儿能出院晒太阳了，这把安徒生故居来的伞，就能够派上用场了。估计她一直可以用到十岁，班级里肯定是没有重样的，她足以骄傲，她甚至会说："是我们楼上爷爷从丹麦买来送我的……"估计当她这样说的时候，我早进了八宝山啦。不进八宝山，也到了玉泉路，只差一站地啦。（这是从相声演员那儿学来的，让您见笑了。）

临走，在哥本哈根机场的免税商店中把五十美金彻底花完，又买了一点巧克力与曲奇，据说后者是丹麦最有名的产品。都是甜的，反正我不能吃，谁能吃就便宜谁吧。但我得承认，二者的包装是很诱人的，我差一点就冒险品尝了。我年龄已大，吃一点就吃一点，回去再补服一些药。（这是中国人的哲学，外国人也无可奈何的。）

临走我还有奇遇。会议小组中有一位在斯德哥尔摩工作的朋友，是中国人，近三十岁，早几年还在北京读研究生呢，是几年前跑到欧洲，准备找一个落脚的地方。最后他落在了斯德哥尔摩，很快在一家叫东方博物馆的单位当了副馆长。他在会下找到我，说过去在北京时，看过我写的《老北京》三部曲，印象很深。现在他们博物馆收藏了喜仁龙（著名瑞典摄影家）拍摄的老北京的照片近千幅，想请我与我太太抽空跑一趟斯德哥尔摩，看看有没有再写本书的可能。如果写了书，顺便在北京开个摄影展览，最后在国内给这批照片找个归宿……这当然是好事，于我，又可以得到一个旅游欧洲的机会。当然再写《老北京》有一定难度，如今北京不再是上世纪末怀旧情绪很浓重的时候，奥运会都已开过，现在国人心思是怎么建设新北京，你还写《老北京》不容易和读者的心思合拍……

最后我与"斯德哥尔摩"谈好，明年春暖再说，等"甲流"过去，等我把一本谈吃的书写完并出版。从北京到丹麦是 10 小时，到斯德哥尔摩也是 10 小时。如果我明年能有此行，说不定对北欧国家就能摸得更透一些，届时再写些欧洲风情或许就容易许多了，至于欧洲人如何吃的问题，或许就有些发言权了。

第十章　病房缅想"人之初"

这一章要写我母亲的饮食观了。我母亲彭子冈（1914—1987），苏州人，著名新闻记者，抗日战争时期在重庆写过《毛泽东先生到重庆》与《重庆百笺》，蜚声大后方；随后与丈夫徐盈一起进入北平，开始了迎接人民共和国的新闻活动。我母亲很早就是地下党员，处处以老百姓为服务的最高宗旨。她是女性，她是妻子，她是母亲，她更是文章的作者，在亲情上委婉第一，采访中词语犀利。国民党行政院长孔祥熙曾在重庆一次招待新闻界的场合，大力鼓吹"维他饼"（实为粗粮制作）的营养如何好，只见她挺身而出，讲"在座的新闻界人多面有菜色，独有你孔院长心宽体胖，莫非得力于这维他饼？"这一问弄得孔很尴尬，急忙宣布散会，以作解脱。

1957年她担任着《旅行家》杂志的主编，因为发表在《文汇报》的几篇短稿，被打成右派！她倔强地反抗，结果越反抗越麻烦，最后为这几篇文章彻底倒台。她被划为"极右"。她被取消工资，每月仅发30元生活费，被派遣到农村劳动，她都挺了过来，但身心受到极大的伤害，等到形势稍稍平和之际，病痛让她忽然躺倒，她得了脑血栓，半身不遂了。她住在人民医院的三人病房之中，同室的另二位，一是皇姑，一是公共汽车的司机，三人完全属于不同类型的病友，却结成了难得的友谊。她写出一篇小散文《人之初》，发表在1980年12月6日的《人民日报》。文章不长，全文照录：

　　垂暮之年住进了医院，一句古老的话忽然新鲜起来——这就是人之初。

　　要饮食，要运动，要排泄……总之，要健康地成活，这是人之初的特点。我在此刻，却像回到了人之初——由于某些生理机能发生障碍，使得进食都颇困难，成为医生和亲友密切关注的大问题。事有凑巧，同室的两位病友也在饮食上遇到了麻烦。一位姓爱新觉罗的中学教师（医护人员称她为皇姑，因是末代皇帝溥仪先生的侄女），年方四十就有胃病等十二种疾病，正因为消化道出血而禁食，床头柜上的精美食物全成为摆设。另一位是刚退休的22路公共汽车的调度员（皇姑称她李姐，其全家都工作于汽车公司），正艰难挑起一家九口做饭理家的重担，不料突患胰腺炎而住院。医嘱也要禁食，可素来心宽体胖的李姐耐不住饥肠辘辘的折磨，趁护士不备溜出医院，饱餐了一顿油饼炸糕。结果夜里疾病复发，折腾得通宵无眠。

　　团结友爱，真诚善良，希望大家都早点恢复健康——这似乎是"人之初"的另一个特点。不是么？在幼儿园的花朵里，互相映衬，互相扶持是普遍现象，极少有人间那种尔虞我诈、损人利己的坏根性。这种对比在浩劫后的今天，似乎越发分明。然而在成年的病友之间，却多充满和谐友好的孩提气氛，尽管他们有着极不相同的生活趣味，乃至相距甚远的政治观点。李姐是评书迷，每当她当驾驶员的爱人来探视时，必须先用一刻钟的时间，把头天听到的评书内容先复述一遍。皇姑酷爱欧洲的古典音乐，对评书一类通俗文艺则深恶痛绝。但当家里送来收录两用机时，她却主动把收录机放在李姐床头，让李姐先过评书瘾。而自己只在夜深人静、李姐鼾声甚重的时候，用耳机去听外国古典音乐……李姐之所以打鼾，却是白天为皇姑的儿子织毛衣织得太累了。

特定的医院生涯把这些成人带回到人之初，我又由人之初追思到社会之初——在失眠中，伴随着皇姑耳机中那想象的旋律，我缅怀起五十年代——那令人缅怀的建国之初！那时的我，是一名血气正旺的共产党员，是一名腿快笔勤的记者，我想不到会有那一连串的波折。那时的皇姑，在伯父溥松窗、父亲溥雪斋的教导下，崇拜艺术，能歌善舞。剧照曾刊登于晚报，她也想不到因为一次不成功的手术让自己病魔缠身。那时的李姐，刚进汽车公司当售票员，领到工资真不知道该怎么花，更想不到二十余年之后，自己晋升到婆婆高位而挑起一家九口的重担！皇姑无意中聊起她的伯父——在"文化大革命"被抄家，第二天就失踪，十余年来渺无音讯，其五十余间房屋的大宅被一家工厂与一家托儿所占用至今……听到这，我没敢打听皇姑一家"文革"中的经历，但确信她的亲属中肯定也有当了牺牲品的。我在一阵幻觉的朦胧中，仿佛亲眼看到她们分属的两个阶层（阶级？）间所展开的持续多年的血淋淋的厮杀——一方鲜血淋漓甚至身首异处，另一方鲜血淋漓也没占到什么便宜……幸好双方活着的人最后觉醒了，抛弃了多年强加在他们头上的敌对感，开始怅悔起自己的无知来！他们纷纷钻出自己的战壕，派出的代表彼此握手，表示一定要言归于好……

我揉揉眼，思绪又回到病房的现实世界。皇姑和李姐都睡在雪白的被子里，都响起了鼾声。一种多么静谧、多么甘甜的气氛啊，愿它能伴随着钟摆的滴答声而日渐浓郁。我开始向未来飞奔：遥想出院以后，皇姑与李姐之间，我们三人之间，能不能继续保持交往并友好相处呢？

不久，李姐第一个出院，她家就在附近，常乘买菜的便利，到医院看望我俩。她说，看守病房的老护士是她的邻居，任何时候都不会拦她的。皇姑前几天也出院了，一是惦念两岁的儿子，二是市委要召开她伯父溥松窗老先生的追悼会。那么大一个知名的文化人，怎么说也不能说没了就没了！行前我们交换了地址。我因为业已瘫痪，今后出行可能不太方便。但总希望不久能在家里招待皇姑与李姐——这两位气质与经历各异的病友！

文章到这里结束，小散文，确实是小。作为她的儿子，我目睹这篇文章的产生，又时隔三十多年，至今重读也还依然激动。当然，它无法与母亲早年的成名作相比，但它随意，不刻意，自然中流泻出深刻。

母亲是苏州人这一点至关重要。苏州，如"松鹤楼"那样的饭馆比比皆是，"采芝斋"、"陆稿荐"、"黄天源"……在苏州街市扑面而来。如陆文夫小说中写到的苏州佳肴更是数不胜数。苏州，是旧时代消闲生活的顶峰，更是诸多文化人幼年的摇篮。彭姓是苏州四大姓之一。我母亲的家族，更是彭姓中的主要一支。据《苏州的名门望族》说，苏州彭姓家族在清末有祖孙两人得中状元，母亲则是他们的第二十七代女孙。（不知这"二十七代"是从爷爷那儿算的，还是从孙子那儿算的）等到了我外祖父，家道已然中落，但外祖父还是考取了公费留学生去日本学习生物学。

归来后在北平师范大学担任生物学教授，又在教育部担任了一份闲差（恰与鲁迅同事）。外祖父后来辞职，原因是北京生活贵，他回到苏州旁边的松江，在那儿当了中学校长。幼年，母亲随着她的父亲生活在北京，家住西城石驸马桥附近的一个四合院，没事时就自己钻进父亲存放生物标本的屋子里，悄悄与那些没生命的标本"对话"。后来她随全家来到松江，是这里美丽的山水开启了她的心智，用她姐姐的话说"阿雪（母亲乳名）的脑子一下子聪明起来"。母亲中学参加县里的统考，作文即获得第一。随即高中阶段回到苏州，所上中学是苏州的"振华女中"，这是苏州当时最著名的女子中学。

九十年代我第一次来到苏州，并且拜访了母亲当年上学时的同班同学，大约有五六位之多。这些与母亲同岁的苏州老太太，一辈子没离开苏州，甚至没离开过"振华女中"。她们一个个面色红润，说话吴侬软语又低声细气，身体保养得很好，提起母亲总是无比羡慕，说她六十年前就如何风华正茂，可惜后来"犯了错误"。在她们眼中，五七年直言讲话，当然是犯错误。我调查过母亲的同班同学，一共四十六人，离开苏州的有三十多人，她们因进取而多有成绩。留在苏州当闺秀的有七八人，这些人一辈子生活平稳，从对她们的采访中我感觉到她们至今仍沉浸在昔日的安乐窝中，而对那些昔日追求理想，远走他乡的同学也缺乏理解。

在上世纪三十年代，母亲多次参加《中学生》全国作文考试，首次第二，以后的两次都是第一。上大学母亲学外文，随即退学租住女子公寓，当起了职业撰稿者。她的作品居然连续在《中学生》等刊物发表，甚至刊物上还发表了万字长文《子冈论》，这在当年属于绝无仅有的现象。抗战爆发，她终止了自发的写作生涯，转入《大公报》担任记者，抗战八年她在重庆，胜利后来到北平，建国后留在了北京。先在《人民日报》采访戏曲新闻，后担任新建的《旅行家》

杂志主编。

综述一下。她幼年在苏州与北平两个城市往返，饮食上自然不能脱离两处。她先天不爱享受，对饮食抱无所谓态度，更无所谓沉湎。我父亲祖籍山东，祖父是北京的一个中产阶级，因此母亲不能不受到山东饮食与文化的熏陶。

五十年代，恰好我母亲的姐姐与弟弟都在北京，所以母亲的苏州情结，也只有在与姐姐、弟弟见面时，才多少倾露一些出来。父亲听不懂苏州话，只能听母亲谈一些苏州的老事情。北京的苏州饭馆只有一家松鹤楼，我们极少去那里吃饭，一般出去，则是全聚德或东来顺。

五十年代初期母亲经常出国，参加各种代表团——有时代表"青年"，比如去华沙参加世界青年联欢节，入场式时，她手举彩旗，排队走在田径场的跑道上，她很骄傲，因为是新中国的一分子；有时代表"妇女"，去了印度，参观人家的名胜，同去的人多打扮得花枝招展，她依然很朴素，依然睁大那记者的眼睛；更多的时候，她是"代表团成员兼记者"，她去了解放之初的新疆，接触了那儿的少数民族，回来后写了不少边疆新风情的文章。她和王震，就是在那种背景下增加了彼此的认识。

在这个时期，母亲开始接触到一些所谓的美食，也常有到外边吃饭的机会。她不时也带着我，我由此扩大了对饮食的认识，也认识了不少可以吃饭或其他出售好东西的好去处，有些是大饭馆，有些则是说不出名字的大机关大单位的食堂。比如刚还是庄重的会场，国家领导人都出席了，可会一散，就冒出一些服务员，风急火忙摆上吃饭的桌子，再铺上洁白的桌布——宴会开始了！

解放后我们家请过保姆，又几度没有了。在没有的时候，母亲就勇敢地顶上去干。可惜她写惯文章的手，一拿起菜刀与炒菜勺子之类，就完全没了感觉。她习惯自己出去采购，去附近的小铺，或者去西单或东单的菜市场。买肉则要肥瘦搭配，回家就可以下锅。她不太追求味道，不愿意在这上头浪费时间。在没有保姆的时间段，我们家很少吃认真的炒菜。主食，作为南方人她天然喜欢米饭，但生活在北方，生活在山东籍贯的丈夫身边，她也习惯了白面馒头。母亲习惯在下班路上在小铺中买，或者从单位食堂往家带。母亲在购买中是厌弃排队的，认为这是政府工作没做好的结果，整风时为此写文章提意见，这也成为当右派的罪行之一。

我家住西城，母亲上班则在东城，母亲行政 11 级，差一级就有小车了。但她习惯也喜欢挤公共，贴近民众，能听见许多真实的情况。她感到挤在公共汽车上，有似她当年当记者，虽然是道听途说，但也能捕捉到许多真实的东西。她的同事有这样的记忆：她从西城的家里出发，风尘仆仆赶到东城，进入到《人民日报》办公室时，则习惯先沏上一茶搪瓷缸（不是瓷茶杯）酽茶。然后从皮包中取出一块烤白薯，一边吃着，一边哇啦哇啦转述着公共汽车上听来的马路新闻。

她，是一个只追求快意与真实的女性。在吃上她不太上心，但也不期然会吃到一些"好饭"。说起"好饭"，她知道，但也仅是"知道"而已，你不可能要求她"会做"。她生来就是吃饭的一方，而非善于、安于为别人做饭的另一方。她吃过很多的名菜，但她吃过就忘，她留心的是与什么人共餐，以及吃饭中的环境与种种细节，换言之，就是如何透过吃饭展示丰厚的生活内涵。

1957年后，冰炭两重天，那些大场合、高质量的饭局，严厉地对她关上了大门。对这，她是无所谓的。恼人的是亲朋故旧当中，许多人也远离了她。她为此不能理解，甚至很懊恼。她被闭锁在家庭中，每天被锅碗瓢盆包围着，忙了这顿忙下顿，整天没个躲出去清闲的时候。母亲难了，吃了这顿得想下顿，家里到时候就得开饭——丈夫下班回家，我下学回来，都是按时到饭桌前就座——在等她开饭呀！

幸亏1961年前后，父母作为中央第三批右派给摘了帽子，父亲重新定级，母亲原来的30元生活费也取消，改定为工资100元（她原来行政11级，每月195元）。这样，我们家经济条件恢复了一些。这样，母亲从某种意义上得到了"解放"。虽然她还在家庭中领导着锅碗瓢盆，但隔三岔五就会拿起装满空饭盒的大书包，直奔高级饭馆，比如绒线胡同的四川饭店，比如宽街的康乐餐厅，每次出去就买四五个"油大"的菜原封带回，去一次就够全家人"补充"一个星期。母亲去到那里入座，熟练地点好菜肴，静静地等。等所点之菜上桌，然后打开饭盒，把各个菜的"精华主体"全部拨进饭盒，然后撕一小块白面馒头，把盘子上的油水逐一蘸尽吃掉。再把所有饭盒装进书包，务使其不要撒汤漏油，然后从容起身打道回府。这些我是亲眼所见，心中也很悲凉。母亲啊母亲，你一个新闻记者，你一个老共产党员，怎么会如此！

这样的生活一直延续到1979年的"改正"。我父母对之早已淡漠，况且也无要求，打右派是你们打的，说改正也是你们让改正。我母亲那时有一句名言："57年我就没有错，没有错又何劳改正呢？"父亲在旁纠正她："你说这话就是错，当然需要改正啰……"父母"改正"后即恢复党籍，母亲重新担任了《旅行家》杂志主编，我代笔写了一篇《旅行家三十而立》的文章。在母亲重新工作一周年时，她建议全家去北京展览馆的莫斯科餐厅吃西餐，大家不能驳她的兴趣，一大家人占了一张老大的西餐桌。等红菜汤刚刚上桌，母亲艰难地拿起汤勺，就在这一霎那，母亲口眼歪斜，她中风了！我两岁大的女儿吓得大叫："奶奶，奶奶！别这样，别这样……吓人……"母亲从此进入了没有停歇的病痛阶段，初期她还能思想，写了类似《人之初》这样的小散文发表。后来就渐渐不行了，思维减弱了，最后变成植物人，一直到七年后离开这个世界。

她在解放初期访问过前苏联，以及东欧的卫星国。回北京后多次光顾莫斯科餐厅，对俄式西餐颇为偏爱。最后的中风，竟然也出在这里，这是完全想不到的。她在工作中接触到不同国家与民族的饮食，诸多感受萌生于斯又沉没于斯。她没就饮食问题说出什么惊天动地的感受，但她的感觉是"重新有了"而欢欣。如果她坚强地活到今天，如果她身体还能顶得住，那么她还会再到"老莫"来一趟，甚至来这里再吃一盆红菜汤。

母亲离开我已经三十多年，时间真是飞快。但我一再想起她，因为我认真研究过她。她一辈子很"整"，只服务过三个单位：年轻时投稿《中学生》，然后供职《大公报》（人们知道她也多在这个阶段），50年代担任《旅行家》的主编。她这个三段式是很值得品味的，尤其是《旅行家》的阶段和意义。当时它是国内独一份的旅游刊物，旅游在当时还不具有普遍性。她介入其中，并且力所能及地游弋其中，她关于旅游的言论，以及本人的实践，从今天看都不是空洞的。即使我现在写美食书，也由于她的参与而别具启发。

我重复一下，她起自苏州与北平，后来到重庆，再后从北京"辐射"到诸多国家，她工作的重点不是饮食，但处处渗透了饮食。她是普通人又不局限于普通人。还有，她在风华正茂之年遇到了苦难，这对个人来说，应该是大不幸；但对于写作与研究饮食来说，又是一种极大的幸运。《人之初》不算她的代表作，但其中涉及饮食，就更有沧桑之感，就文章的境界来讲，又绝对属于上乘！她不是饮食专家，甚至算不上饮食界人，她始终事业第一，饮食第二（甚至还要排得更后），这个顺序却截然是真切与正确的。这就是我的母亲，这就是我在本书专章写母亲的道理所在。

第十一章　美食未必可成家

我是中年以后开始接触生活中的美食家，并且同时关注历史上的美食家，那时开始认识了一些人，参与了一些与吃有关的事，晚年深入思考，于是得出了这个感慨。

2009 年 11 月 28 日，王世襄老人去世了，95 岁，之前几天去世的杨宪益，也是 95 岁。黄苗子悼念杨宪益的文章，其中提到杨之旧诗最有名的一联："幸无金屋藏娇念，常有银翘解毒丸。"黄也是 95 岁，住在医院好长时间了。95 岁，莫非是高寿老人的一道"坎"？现在，文化界有一个很大的悲哀：少了某个领域的一位老人，就少了该领域的"幸无金屋藏娇念，常有银翘解毒丸"那样的绝唱。我总觉得在现今社会，生产力的发达促进了人们的思考，有力是有力多了，但优美的程度减少了，比如对美食家以及令人称绝的描绘就更少了。面对这样的遗憾，世人对此却是一副无所谓的样子，这就越发地让人感到悲哀。

远古时代，人类社会第一位的任务是活着，是吃饱。至于吃什么和怎么吃，有不满意和不满足的，社会的发展路程还长着呢，不急在一时一世。

进入阶级社会之后，无穷的争斗占据了一切，至于什么是美食家的问题，还远远没有进入当权者的思考。当然，什么人都爱好美食，这是真理，取天下的食品凑成一桌宴席，再怎么困难也是办得到的。至于这要产生多大的浪费和罪孽，那就另当别论了。

话说 1954 年，毛泽东曾连续三天独自登上紫禁城的城墙，第一天是从神武门上城，沿东路走到午门下城。次日从午门上城楼，看了一个展览，下城原路回去。第三天又来到神武门，上城楼从西路到达午门，下城楼，归去。三天都是只上城楼不进入故宫的里边。他没带警卫与秘书，就为的是一个人时走时坐，静静地想一想。

毛泽东三十多年，几度来去，与北京别了又遇，遇了又别，但从没想到要久居于此。今天不同了，今后更不同了，北平业已改名北京，自己和中央的这批人，已然定居于此。毛走路，毛沉思，自己从西柏坡走来时，曾教诲手下的干部"要进京赶考"，如今他在北京的紫禁城的城墙之上，他应该向全党带头交出第一份答卷来。我们不得而知毛此刻心里在想什么，但几年后彭真向北京市干部宣布"拆掉故宫，当中修一条东西马路，给老百姓盖大屋子"的想法，莫非就源于此时？总之，毛泽东在开国之初登上紫禁城的城墙，想的只能是如何砸毁旧世界，而绝对不可能是如何享受美食。尽管二者也并不矛盾。

作为北京最底层的老百姓，比如龙须沟里的居民，他们第一位的想法是如何翻身做主，如何让这条臭水沟变得清亮。程疯子一些人，做梦也想不到要成为什么美食家。在不短的十七年中，北京市那么多的干部群众，每天干不完的事情不知有多少，但硬是没有一个一睁眼就想今天要吃什么，以及到哪儿去吃的问题。在"文革"漫长的时间中，全国有多少红卫兵进入北京，他们整天杀东批西，但就是没有一家司令部直接想到吃什么。真要那么想甚至那么做了，还怎么称得起是毛主席的接班人呢？

把时空拉近到今天的北京，人们不再说"天翻地覆慨而慷"了，人们都变得沉静下来。可仔细观望一下，干部心里装着这样的问题：城里还有多少低保户？还有多少农民工？即使是拿着固定工资的人，下班回家忙做饭，做的是日常能吃（得起）的饭，也根本不会天天下饭馆去品尝电视上介绍的形形色色的美食！尽管全聚德一再扩大，可北京市的居民中，一辈子没吃过烤鸭的人依旧很多。电视中谈吃，尽管朴素得多了，但家庭主妇认真看过并研究过的人，毕竟也没有几个。

从饮食能说到我们过去对舆论严厉的干预，那曾是一个太多干预与太多武断的时代。现在呢，似乎又无所顾忌。比如今天的寻常人家，能像电视中那么煎炒烹炸、大做特做么？其中的每一样食材，市场上都是什么价钱？普通人家能这样消费吗？电视宣传和普通生活如果差距过大，是会影响民心的。你看，电视中厨师做菜几乎是泼油的，那油仿佛是不要钱的，生活中能这样么？如果家庭生活中也这样制作饭菜——这样的美食，岂不脱离了老百姓么？

如今打开书报、期刊或者电视，涉及美食的篇幅越来越大，食品漂亮鲜活，诱惑力非常强，对大众的冲击力也非常强大。宣传的是美食，中外各处都有，让你目不暇接。我相信，如果不是意志非常坚强的人，很容易就拜倒在美食面前。

做电视的多是年轻人，看电视的也多是年轻人。可以相信，今天这些电视已经牢牢刻入年轻人的心里，不经过刻骨铭心的痛苦，其痕迹是去不掉的。年轻朋友或许奇怪，明明那些画面看着很轻松很愉快，那里谈得到刻骨铭心的痛苦？不妨请你身边经历过痛苦的老年人评判：生活中的美食是那样容易得到的么？而且，真吃了那样的美食，对身体就真正有好处么？温饱问题尚未真正解决，能够从实质上接触美食？

我时常想，如今每个家庭都普及电视了，而且栏目开得很多。有介绍财经的，有介绍青年、妇女与老年人的，还有介绍其他方方面面的，不一而足。试问，其中有没有专门面对中年人的？他们的境遇最为困难，上有老，下有小，中间的自己浑身是病……不能说绝对没有，但即使是有，分量与力度也肯定不够，关注度也不大。试问，美食节目他们看是不看？美食节目宣传的病态美食对他们是否具有刺激作用？

由此可见，美食家是很难自发形成的，早前党和政府也没有号召人民成为美食家。作为喜欢吃和懂得吃的老百姓，也只能在力所能及的范围内，尽可能满足自己的这一点点爱好。他们是很谨慎的，知道"吃"能使周围的老百姓"提神"，但弄不好的话，又很容易犯错误，至少也容易被打上一顶"宣传资产阶级生活方式"的帽子。

于是，一些文化圈的人就经常在圈里圈外表现着自己的才能，我也就在这圈里圈外的位置观察着他们的表现。我讲三位。比如四川成都的车幅，他实在是懂四川吃喝的一位大专家，他稳坐家中，等来自五湖四海的朋友去找他。他的习惯是，陪同客人在成都城里转，只转半天，陪客人吃，也多是小吃。小吃当然不错，车幅还现场给你讲相关的掌故，神乎其神。比如有一次陪同叶浅予等老画家走过一家卖牛肉的铺子，当时天气很热，他与客人都流着汗，他并不往里边走，只在门口柜台上高喊："老板，四碗牛肉汤！"刹那间就端了出来，一人一碗，刚好。车幅一边讲着这家铺子的来历，同时声明它的牛肉汤从来不要钱……

还一位，就是北京大大有名的王世襄老人，老人擅长的方面很多：家具、鸟笼、鸽哨，直到饮食。他不仅懂得吃，更善于做，传说他刚从干校回北京的那些年，经常骑车并带炊事用品赶往他要献艺的场所。比如说他一边骑车一边背上背着一个圆桌的桌面。后来他在一个场合"辟谣"："我喜欢吃，也喜欢给朋友做，这都不假。有时朋友家的东西不称手，我就自带。但我绝不会把饭桌的桌面也骑车背了去，那我不是——太不堪了么？"说这话时，脸上洋溢着一丝幸福的苦笑。他后来补充说："朋友聚会时，我至多是背了一口能用的锅去……这锅，与圆桌的桌面都是圆的，但大小上差多了，大伙这么传，也是善意的玩笑……"

再一位，就是著名作家汪曾祺了。他是沈从文的学生，建国初期当期刊的编辑，真出名是靠样板戏，以及后来写小说成为真正意义的作家。由于沈从文这层关系，我从小跟他就熟，并且熟悉他的家庭成员。我保存他的书信与手稿、字画，他逝世后出版全集时，家属从我这里取走不少的东西，是汪老遗落的手稿。唯独遗憾的，是我没机会吃过他亲手做的饭菜。所以从吃的角度谈他，就不免有些尴尬。从熟悉程度讲，我足有吃过多次的"机会"，但就因为太熟了，无论他（包括他的家人）还是我，都认为不急，总有机会的。今天不行还有明天，这次不行还有下次。但即使这样，我还在十多年前写过一篇谈他做菜的文章，题目叫《汪曾祺与他的"票友菜"》。票友者，本来是梨园绝对不敢轻视的一批人，他们懂门道，但又不完全陷进去。从这点讲，汪确实"像"，或者干脆就"是"。他习惯或总是在文化氛围中做菜。主客谈着文化上的事情，气氛已然很好了，这时汪端上自己的美食作品，请大家如同看他的小说一样赏析。这时，总是有客人发表高见，其他人轰然喝彩，然后汪自己解释，既肯定了大家的厚爱，又奇兵突出，发表一些惊人之语。再经过吃饭者的传播，汪之能做饭的名声就大啦。

我受到这几位的启发，心想我自己能够做什么？当时我受聘为北京市老字号学会顾问，又考虑到奥运会已然临近，于是在一次活动中，就向全聚德总公司的一把手表示：奥运期间，港台朋友来北京必然很多，其中必然有从市区去长城与十三陵游览的一线，归来时他们则在亚运村的全聚德分店进餐，而分店距离我家很近，我愿意加入你们的队伍，参加在分店的聚餐活动。我掌握片鸭子的技巧，届时可以戴上塑料薄膜手套，象征地"片"它几下，然后现身说法，就烤鸭问题述其源流，我可以洋洋洒洒讲上许多。我不会求全，但保证重要的不会遗漏。当然，这不是电视上的百家讲坛，需要见好就收。

我之所以毛遂自荐，是因为两年前我去过台湾，参加过一个戏曲的学术会议，与彼方一些老年知识分子相处甚欢。我发现自己在知识结构以及储存上可以满足台湾文化老人对大陆文化渴望了解的需求。我能参与介绍全聚德的活动，也不是只讲关于烤鸭的一点点知识，还可以介绍关于老北京与新北京的风俗人情。我当时这样一讲，全聚德一把手非常高兴：这是个非常好的主意，他说，这需要向上请示一下！随后，我一直在等回文。不久后，我在总公司中的一位朋友悄悄告诉我："您说的那事，市里有关方面研究了，主意是好主意，但唯一不好办的，就是您不是我们的人，您不是全聚德的职工。您做了这份工作，付出了劳动，自然也有成效。那么，我们如何给您付劳务费？按照什么标准付费？因为没有比对，所以一直没有答复您……"

我说："我是义务的，而且带有'一起玩'的性质。如果可行，就多玩几次；如果不太如愿，或者我玩得不够好，那随时就收摊……"

"明白了，明白了。我再去汇报，再去汇报……"

事情最终还是不了了之。事后我也想：这事是有些玄，全聚德历来没有这种先例，一边玩一边工作的。不成也好，以后再有机遇，咱们就来些"正规"的。

自从奥运开过，北京市的主要建设，围绕如何完善新北京进行。各方面的突飞猛进式的工作减少。我呢，身体出了一些毛病，吃上头也受到限制，自然关心饮食就少了。在生活上距离美食家早已愈来愈远。但为了写这本书，许多问题旧事重提：比如，如今的社会还需要不需要美食家？是个人根据条件努力争取达标？还是根据个人兴趣发挥所长？其间有没有一个客观标准？

在几经深思之后，我的回答是，像咱们中国这样的大国来说，当然是需要的。如果多出几位建立在科学基础上的美食家，那就是天大的好事。但难就难在这"科学"二字之上。中国的烹饪，讲究的是感性，最多也只是知性。一个菜如何才能好吃？师傅教徒弟要手把手，甚至背靠背，秘诀往往不能言传，只能去细心体会。等你体会到了，说明你心底有灵苗，公认您是干这行的角色。您就放手去干。如果体会不到，干脆转业干别的去吧。灵苗，是一个敏感问题，我也就不多说了。

但今后的社会，往往是工业化实行批量生产的社会，似乎不那么需要手工劳动，手工产品也就成为了奢侈品。正如美食行业，好的美食应用心手工制作，但现今餐饮业多是正规集团化的生产，这和我理想中的美食往往存在本质的区别，我们正面对着这样的尴尬。

现在社会，需要科学家远远超过需要美食家，没有美食家，人们一样可以生活得过去，我想，当我们生活在"老北京"与"新北京"并存的时代，有这样的想法并不奇怪。只有等北京市变成"后北京"了（甚至中国也变成"后中国"）了，大力提倡中医与中菜的独特魅力，才能变成全社会的风习。到那个时候，我们再谈这个问题，就不算奢侈了，或者说"到时候"了。

第十二章　思索重读唐鲁孙

读唐鲁孙的全部著作

七八年前，我得到了一本唐鲁孙的《中国吃的故事》（百花文艺出版社，13万字）。装帧一般，印数不详。我欣赏它的文字，写了一篇《他吃到海峡那边》的书评给予介绍。本书的写作过程中依据的仍是旧日观感，但后来广西师范大学出版社又出版了一套唐著《老乡亲》、《老古董》、《南北看》、《酸甜苦辣咸》与《天下味》，装帧精美，印数都是一万，也由朋友送到我的手中。粗粗一看，就发现我原先的印象不准确了，至少是不完全了，但此时我的这部书稿（《谁是美食家》）已经写完，如果大拆大改其中章节，一是费事，二是思路容易搞乱。所以，发觉对唐先生谈吃应该表达一个总的观感，不如另辟一章。

中国人早就在谈吃了。但历来有个缺欠：一是著名人物不太谈吃，因为吃属于小技，大人物谈吃怕丢身份；二是吃虽不是大学问，但真谈好了也不容易。所以无论作者还是出版社，近年虽也涉及饮食文化，但动辄就搞菜谱。

唐鲁孙本人生于贵胄世家，舌头从小就接触很多很好吃的东西。另外他很小就能进入宫廷，给自己家族的长亲拜寿，这是他难得的阅历，是其他同龄人不可能得到的。当然他得到的这种种阅历，不等于他马上就能懂得其中的价值，他真正懂得是在以后，是伴随了解了其他事物才一起茅塞顿开的。

他长大了，开始在社会上做事，但没有在大衙门做大官，而是在一个邮政部门干了一份闲差。工作让他经常出差，那年月出差是辛苦的，但他却能看到各地的风土人情，也免不得兴致勃勃。出差中自然也要吃吃喝喝。由于他的家世，去各地时能接触到已经不在台上的政要，这些人与他属于世交年伯。他没有想到，这又成为他后半生做文章的重要资本。

再，他这一辈子没有风险，既不左，也不右，政治倾向也不鲜明。他1946年去了台湾，一直在台北一个小烟厂当厂长，并且一直干到退休。退休之后觉得寂寞，闲得无聊，于是信笔写文，回忆一下旧事。谁知一写就停不住了，这样，台湾文坛忽然冒出了一位专谈旧京闲话的"新"老作家。他开写的目的就是"何以遣有生之涯"——他是消遣着过了一生，如今又是消遣过把一生过完。所写的一切，一是非常忠实于昔日，二是文笔非常满足台湾读者的胃口，后来连续结集出书，销路也非常之好。

他不只是谈饮食

最初读《中国吃的故事》时，整本都是说吃饭，而且谈宫廷菜肴占了很大比例。如今看过他其他的著作，才发现他真是谈旧京文化的第一高手。他涉及的方面林林总总，无所不到，而且无所不精。他与大陆几位谈掌故的老人属于旧相识，但文字又有不同。大陆上的旧文人都经历过政治运动，思想上也认为旧事物应该批判，所以行文之中就多了些许"自觉"，时刻提防旧意识会伤害读者。可唐不然，他生活在台湾，他不但对旧思想没警惕，而且是"怎么好看怎么写"，他更是要依靠这些稿子挣稿费的！"一切名正言顺"，是他写这些稿子时的真实态度。他怀念这些生活以及其中的人物，他觉得再现出来对于现代社会有好处，于是"怎么回忆就怎么写"，读者也应该从中受到启迪。至于，付给他写作酬劳——稿费，就是天经地义的了！

他究竟写了哪些？写了宫廷，写了他的各位长辈，更写了形形色色的民间，林林总总，不一而足。写故宫，写北海，写天桥，写地安门，写烟袋斜街，写鹤年堂……写到某一处时，他能上挂下连，引出许多历史人物的轶事遗闻。他也是记忆力真好，去过一次的地方就不会忘，见过一次的人都能活泼泼进入他的笔下。粗粗估算他写作的字数，他是七十几岁才提笔，写作十年，不知有两千万没有？如果有，其中大部分则是写社会民俗的，真谈具体的吃，顶多占了十分之一。这样的人也算美食家么？我觉得，可以算，当然要算，因为在社会中，先用嘴去吃，然后进一步去品——如果你品得不到位，是很难得到广大读者的尊敬的。你先得了解民风民情，了解美食文化，然后你再多少懂一些吃，大家就会奉送你一顶"美食家"的帽子。可是试问：真以"美食家"名世的又有几人？这样的人，究竟幸福不幸福？他们心理怎么看待美食？怎么看待美食文化？被带上"美食家"帽子的，他们心底是否会因此感到快乐？

摘录唐先生一篇谈绿林的文章

我发现抽象谈美食家是不行的。下面，我抄录他《绿林英雄好汉》一文：

记得在咱四五岁时，逢年过节的时候，家里总有一位虎背熊腰，光头剃得青里透亮，赤红脸庞，两撇黑呼呼的胡子，永远系搭膊，穿坎肩，脚上一双黑皮快靴，五十出头的精装人物，带着大批贵重礼物来叩节，或者是拜寿。家里让咱管他叫三爷爷。他一见咱总是一把抱起来，高举过顶，哈哈大笑，声震屋瓦。后来，咱到了懂得看小说的年纪，发现这位三爷爷，除了没留下大胡子，简直就是《儿女英雄传》中的邓九公再世。

这位叫钱子莲的三爷爷，外号人称南霸天（徐注：台湾读者没受过《红色娘子军》的洗礼，想来不会认定南霸天就是谋财害命的恶霸。在他们脑海中，南霸天似乎就是在南边有势力的草莽人物）。敢情他，当初是京南一带绿林总瓢把子。自从被咱先伯祖收服，洗手退出绿林之后，就在平津道上廊坊附近的郎家庄务农为业了。有一年中秋，他到舍下来拜节，吃过中饭，就一定要到前门外广德楼听武戏。依稀记得那天是俞振庭、迟月亭演的《金钱豹》，满台钢叉飞舞，既勇猛，又火爆。戏园子看座的，还有卖零食的，似乎都对这位钱三太爷伺候得分外周到，特别巴结。包厢里铺上桌布，椅子上另加大厚棉垫子，茶壶嘴上套着黄色的茶叶纸。一会儿五香栗子，一会儿糖葫芦，又是豌豆黄，又是大碗奶酪。到了三点多钟，好几个饭庄的管事的，又送点心来啦，什么枣泥方谱，肉丁馒头，桌子简直摆得碟子压碟子啦。

戏一散，好几位买卖家掌柜的已在园子门口等候如仪。当然大家又是拥挤到饭庄子，要酒叫菜猜拳行令一番。钱三老爷一到北平，总是住前门外打磨厂三义老店，饭后回到店里，大概带着三分酒意，一看月明如水，初透嫩凉，一高兴就打算带着咱赶夜路直回郎各庄玩两天再给咱送回来。咱当时又想去，可又有些害怕，三爷爷说让柜上派人到家里说一声就行啦。于是我们爷俩，由赶车叫德顺的驾着一辆有席篷的大车，一吆喝直奔永定门。

出了大城一过丰台，德顺跳下车从草料笸箩里拿出一根铜架柱，挂着式样特别的一只铜铃铛，外面罩满紫里透亮的红缨子，驾在大辕骡子头顶上，夜深人静，可以听出老远去。走个十里八里，高粱地里就蹦出几个粗壮汉子，可是双方都非常客气，好像双方说了几句寒暄话，可咱一句也听不懂，然后拱手赶着大车又往下走。等没人的时候，一问钱三爷，才知道都是拦路抢劫所谓线上的朋友。怎么也想不到平津道上走夜路，居然会有这么多的"朋友"。

钱府的一切，倒是完全乡间土财主的势派。一点看不出当年是坐地分赃的大寨主。只是最后一进，有一溜高大平房，院里土地是用三合土压得瓷瓷实实的，地上埋有碗口粗细、三尺多高的木头桩子，柱头磨得又光又亮，一共五六十根，可都是不规律地埋进地里，这大约就是武术界所谓的梅花桩了。屋里正中供着伏魔大帝，神案上五尺长一个黄缎子包袱，听说是一对纯钢虎尾竹节鞭，当年钱三爷洗手不干、封鞭归隐的时候，还举行了一次大典。是由先文正公代为封包加印，从那时候这包袱就再没打开了。……钱三爷活到八十九岁，有一天他忽然告诉家人说他要走啦。散功的时候，无论多痛苦，也不要碰他。结果，他在功房的蒲团上，全身战抖，汗如雨下，足足抖了四个多时辰，才撒手归西。钱家子弟看老爷子散功如此的痛苦，以后大家练功，也不过是活动活动筋骨，谁也不敢再继续往深里练啦。

引完唐先生的文字，再多啰嗦两句。什么叫"散功"？是否所有练功者练习完了都要再恢复到一般状态？民间艺人常说：练功一旦走火入魔，那会是很危险的，是否就如同三爷爷最后的那样？还有当初他洗手不干时，是否如同京剧《连环套》中所说的"金盆洗手"？这一切全都十分神秘，让青年读者感觉非常陌生。还有，这段等于是个评书开场，它非常有地方特色，动辄是"咱""咱"的，能让人回想起当年北京的评书能够"静街"的功用。唐先生能够开口就是这样一段评书，所以他的文章才能丝丝入扣，步步抓人。

他谈得最好的还是饮食

唐鲁孙先生能谈东谈西，但他谈得最好的还是饮食，或言一个字，"吃"。他在《中国吃的故事》中把中国饮食分成三大派系：山东的、江苏的、广东的，理由是中国有黄河、长江与珠江这样三大流域。如果您站在唐先生的岁数想，当年在北京俯瞰全国，不也就是这三大流域么？您去了扬州，那儿就是扬州菜；去了上海、宁波，就是上海与宁波菜；去了苏州，当然就是苏州菜；去了无锡，当然也就是无锡菜……您去的都是天子治下的一处处小地方，吃到嘴里的当然就是这些小地方的菜肴了。居高临下，大而化之，最后再目空一切，分而治（研究）之，就是当年京城吃菜人的全部观感。所以唐先生在《中国吃的故事》中每每谈及各地的吃时，往往就那么三四百字的两小段话去点而画之。他这是尊重历史，尊重各省的饮食特征。

他以一介闲人姿态进入写作，然后有所发现，又以散文形式不紧不慢地与朋友拉家常般给予描述。等把故事说清楚了，他的文章也就完毕了。比如他之《山东半岛的鱼千奇百怪》是这样写的：

> 山东半岛，三面临海，一面靠山。临海的人多半忠厚，靠山的人多半手巧。这可能就是地缘之赐吧。山东的鱼类不限于海鱼，河鱼、潭鱼亦不匮乏，奇特的是山东最好的鱼并非海鱼，而是泰山黑龙潭中的石鳞鱼。传说潭中有龙盘踞其间，因而得黑龙潭之名。

> 山东省虽然靠海，但境内河渠纵横，特别是济南城内，山水之胜，不亚于江南。济南地下沟渠密布，潜流纵横，随手从地上掀开一块石板，泉水就源源涌出，伸手就能捞到又肥又大的青草鱼。城南有条叫"剪子胡同"的路，不论天旱天雨，这条街总是积水盈寸，路人都得从路旁骑楼下绕道通过。当年张宗昌为山东督办时，命人在剪子胡同加铺三寸厚的石板，怪的是三寸石板铺上了，水却依然漫出一寸多。这石板下的泉水，夏季凉透心脾，可冰水果；严冬蒸汽迷蒙，有如温泉。掀开石

板，下面是密密的水草，青草鱼悠游其间，其肉既鲜且嫩，毫无腥气。

我的朋友王巫谦曾任山东电报局局长，他家就住剪子胡同。有一回我到他家做客，他带我到后花园，吩咐佣人把花圃中的石板撬开一块，其中泉水淙淙，伸手一捞，就是两条活蹦乱跳的青草鱼呢！那情景真是既有趣又神奇呢！

青岛出产最多的是带鱼，据老渔人说，带鱼群在海里行进时，都是一条衔接着一条，最长可绵延十多里，非常壮观。

在带鱼上市的季节，青岛码头到处是卖带鱼的摊子，用大笼屉卖蒸带鱼。其做法是带鱼切段，用花椒盐、姜汁、料酒腌过，上炉子蒸熟，趁热叫卖。这样既营养又好吃，经常把它当饭吃，身体又好，牙齿又壮。

山东邹县是孟子的故乡，出产一种"缘木求鱼"。每年二月到八月之间，灰鹤就从南方飞来，并且在孟子庙前的柏树上做巢。它们从庙前小河中捕到鱼，就飞回树上喂小鹤。

鱼是吃在大鹤的嗓子里，想咳出来不是容易的事，大鹤拼命扑打翅膀，鱼从嗓子里掉出来，有些掉在树杈上，老百姓用竹竿打下来，晾干，研磨成粉末，就水服下，据说可以治噎嗝。

唐先生能拉杂着信笔写来，觉得差不多了，也就忽然打住。这是功夫，也是技巧，更是心智。

说书人摇动了生花妙笔

唐鲁孙先生自称"馋人"，其实他更是一位说书先生。估计他幼小时家中来过说书先生，他作为贵胄子弟，与说书人泡在一起，其间没有门第之分，等他渐渐长大之际，他就经常生活在这些说书人当中，也生活在由他们说给自己的这些大书之中，非常自由惬意。

我想起朱家溍先生对我谈起他幼年家里唱堂会时，包括杨小楼在内的艺人，都是早早来到化妆的房子，看见他就称呼他"四哥儿"，惊讶他居然"也喜欢看我们演戏"云云。这位"咱"（唐先生）从小的境遇，应该与朱先生十分相似。

幼年有过这样的生活，于是无论说话还是写作，都养成一种会按照"大书"去剪裁生活的本领。比如前一段说绿林的故事，他为什么没有说到"咱"随同三爷爷回到前门外的三义客舍之后，为什么不写在那里住宿一夜？就因为他思索过：这一夜是无话（也即是无戏）的，所以就不宜在这样的地方浪费笔墨。作者自幼与说书人的耳鬓厮磨，让他熟悉了写评书写故事的技巧，"有话则长并无话则短"，绝不能让文脉在这种地方断开。

他后来写到的种种，都是些读者略知一二，却又不知其详的兴奋点。比如，到达三爷爷的家，其最后的一进院子非常特殊：地面是用三合土砸出来的。笔者顿时就感到亲切，因为幼年时代，三合土是北方流行的建筑材料，水泥还没有畅销。而那几十根梅花树桩，我们在香港电影上见过，银幕上只有七八根或十来根，三爷爷家则是高高低低的几十根，气象则大得多啦。

另，如写山东的诸多鱼类，连同济南当年的泉水之盛，这些景象都是今天所不敢想象的。它行文之大气与恣肆，汪洋与生动，全都无与伦比。今天我们的生活固然超过了过去千百倍，但有些最妙趣的东西却永远地失去了。它让我们遗憾，更让我们扼腕和哀叹，甚至需要认真自责。说书人从来不指责听书的人，他只是话里话外透露出一些信息，而且处处还照顾到您的喜好。我想，这或许就是说书人的艺德所在，他既要说出自己心中的感慨，同时又处处注意到自己的台下。

一口吃不出来的美食家

美食家不容易。一口吃不出来，一步也迈不到这个层次。做饭的大师傅离美食近，他天天、顿顿接触美食材料，但他很难成为美食家。搞饮食文化研究的人，越是认真去研究，就越能探求其中的美，但也难成为事实上的美食家。原因之一，是他不可能顿顿吃美食；原因之二，美食顿顿吃也能生厌；原因之三，他接触美食，也需要有经济的支撑。

美食家的炼成需多方条件。或许机缘让他吃过一些好饭，甚至他自己也能做一些他自己认为的好菜。此外，他琢磨这个美食问题，最初可能还是无意的，但想着想着就豁然开朗了，忽然间就通透了！ ——他自己感觉通了，别人也信服他是通了，于是美食家的美名就赠送到他的头上，他想摘也摘不去了。其实，他并不看重这个称号，他甚至想：我难道就懂得吃么？这有什么可骄傲的呢？他原先想，人立于世，首先应该成为一个有用之"家"，要让更多的人感觉自己可以服务于社会。他自己这样努力过，或者事实上已经在某一两个领域具有这样的"家"的造诣了，只是还不太显著而已。如今可好（其实很糟），被一个美食家的名字"先声夺人"，自己此生的计划全然打乱：满世界都这样看你了，虽说也不是坏意，但终究什么事也不顶——不是职务，也不因此而拿钱，甚至多少还有一些调侃的意味。

但再一想，美食家总不是坏人，他言行有益于人们的饮食，这总是件有益于大众的好事吧。于是，近代以来，凡是这样被人们称呼了的人，凡是他左推右挡也推卸不掉的人，也只好在这顶空帽子下生活了。他依然有职业，每天都要上班。领工资也靠那个。唯一体现其美食水准的，是他需要介入一些美食的活动。或许，他还要写一些美食文章发表，当然文章本身也是美的，文章发了多少有一点稿费。可这是有数的，一次性解决，不可能永远发表。还有另一种"文章"，那就是在一些活动中讲话，把比较具体的意见告诉与会者，它也必须费心思，一要具体化，二要讲得生动，三还得让听讲者佩服。所以，即使真对美食有研究的人，也很少主动跑到美食活动中发表意见当这个"靶子"。但社会发展到一定程度了，不管真的还是假的，总需要有这样一些点缀，于是美食家的名号总还是要断续送给张三、李四或者王二麻子。

总之，出现了美食家的社会，才应当被认作是发展了的、健全了的社会。凡是那些被叫做了美食家的人，最后也只好半推半就。如果他年纪还不太老，如果他还有主观意志的话，他则一定要再争取一两顶别的领域内专业的帽子戴在姓名前头，才算作罢。

书归正传，该说说著名的唐先生了。他是前辈，比我父亲还大四岁。他真是一位我真心佩服的人。首先，他的文章让我佩服，写得多，多而好，记忆力超强，而且取的角度非常灵活。我们知道爱因斯坦的大脑长得异于常人，他唐先生的大脑大概也如此吧。他记录了他那个时代的诸多层面，而且每个层面当中都站出许多活生生的人！如果我们的社会没有他以及他的文章，我们的俗文学是会感到巨大遗憾的。

我在前文中说过，唐先生就如一位说书人。他的武器不是笔墨，而是从古典宝库中拿出来的惊堂木以及折扇与毛巾。他的文章是没有准稿子的，尽管他事先也构思过，但真写成什么样，那完全靠即兴发挥了。这要靠在场听众的配合，你们能给我喊出"好儿"来，那我就尽兴，最后的效果就好。

过去的说书先生是有几部"大书"做底蕴的，他们学艺时向前辈学过，并且一再背过和演出过。有了这几部"大书"垫底，他们即使临时说新书，临时被推上新书的台，心里也是不慌的。那记在心中的几部"大书"，不仅是开拓了生活的广度，而且其中的技巧，也随时可以借鉴。说书不能靠背诵，要一边演出一边创造，即兴会产生大作用。唐先生生活的面太多了，他随时进行着创造，创造出诸多的人物、场景与细节。唐先生还有一桩奇处，他一生平稳，只按照自己的意志去做自己的事，他从没受过大陆上那些政治运动的伤害，所以他的脑子是健全的，尽管年纪很大了，但还有一股年轻人的朝气。

我们现在的这个社会，"馋"人是不少的，美食家还远远不够数，没有美食家的社会，称不起是健全与成熟的社会，而美食家又不是凭空就能培养出来的。如前所述，他们必须在其他专业领域大体能够成家，之外热爱美食，才成为名至实归的美食家。

第十三章　参与再造全聚德

全聚德我不生疏，从小就吃它的烤鸭。不过，它的店址屡次迁移，挂这个牌子的烤鸭店好像很多。到60年代时，北京最大的全聚德有三家店，它的上级单位至少是两个，都是北京市属的局级单位。于是这一来就竞争开了：你局级我也局级，你为人民服务我也为人民服务，咱们谁怕谁呀？外人不知道这些，有了问题只说全聚德不好。最后，问题上呈到北京市委，一研究，同一家老字号，却有两个"婆婆"，这架打起来就不好评断了。最后，是市委及时决断，创立了一家中国北京全聚德烤鸭公司，总部设立在和平门，热热闹闹举行了成立大会，中央政府的副总理田纪云亲自剪彩，问题解决了。

组织问题解决了，但公司的牌子要想打响，还要靠实际的操作，社会上饮食业的竞争很厉害，公司仅仅当"烤鸭子的头儿"还不够，还应该借此把北京市整个产业都带动起来。为加强领导，市委特派一名"红小鬼"把关，让市委的副秘书长杨登彦一人三职——同时兼任董事长、总经理与党委书记。而二把手则配备了二商局最年轻的局级干部姜俊贤。这个大背景我也是后来才知道的。当时我只是看到北京全聚德的上级管理机构又成立了，知道它总部设在和平门。它离我当时的家比较远，在北京吃口热的烤鸭也容易，我不会跑那么远的路去和平门。我想，这是老北京市民的普遍心理。这么想着，忽然心里一机灵，想起我从幼年开始吃全聚德种种好玩的经历，顺手写了篇小文章，说了如今面对"烤鸭都成立公司"的感慨，或许有些从文化上评论的意思。

不几天，文章在《北京晚报》上登出来了。又不几天，全聚德公司电话找我，我心想自己没惹你们呀，找我什么事？我最后骑车去了，把车往大门外边一锁，我就上楼去找"公司"，这才见到杨、姜二位。是他们看到文章，很高兴，"表示感谢，希望加强联系"云云。最后姜还陪我吃了一顿烤鸭。我这还是第一次靠自己的文章"白吃"，鸭子当然还像从前一样好，可菜肴上却变化了。从前讲究的是"全鸭席"，所有材料都得出自鸭子，认为这是个"讲究"。我感到未必合适，我说菜肴不妨多样，可以根据中国的节气分成为许多种，这样才是大的学问。过去那种唯一的全鸭席，仅仅从鸭子身上（含下水）打主意，从营养成分上讲，有些也未必全合适。人家香港同胞就不吃动物的内脏。

以后一段时间，我与全聚德的来往越来越密。我有童年的记忆，自小就吃它，但不是真懂得它，如今算是亲眼看见鸭坯如何进炉，如何变成通身棕红色的烤鸭，还看见如何邀请顾客在鸭坯上写字（点鸭坯）。我向领导谈起让烤鸭普及的问题，能否制作一种果木的香精，把它喷射到鸭坯上，然后大师傅一烤，香味就进入鸭子了，这样一可以节省在市井中搜求果木的艰难；二也减少露天烧烤带来的污染。

那一阵，我很用心琢磨全聚德的成功奥秘，然后拿到电视上去说。我之"美食家"的名声，大约也与这有关。

需要说清楚的，我不是只抱全聚德他一家儿的粗腿，与我来往密切的还有其他老字号，如仿膳与丰泽园。特别是仿膳，他们老经理姓洪，是山西农民出身，刚解放时被招进北京，最初在民族饭店做服务员，因为工作出色，不断提升职务，最后调进仿膳担任经理。他有山西人办事的抠门儿劲儿，这既是优点也是不足，同时在用人上有些任人唯亲。但在工作上尽心尽力，有时三九严寒，他就穿一件薄大衣，站在刮穿堂风的大门口迎客。天天如此，一站就是两钟头。总经理都这样了，下属还敢不尽心么？他爱他的职工，每年从利润中提取不少，买商品房分给职工。他还习惯于死守着北京，甚至死守着北海，不大愿意出去，不知道外边的世界有多精彩。

但也有一年，被我强拉着到杭州参加了楼外楼举办的一个老字号的联席活动。他总算是大开了眼，等杭州楼外楼老总回访时，他就表现得非常热情。丰泽园属于另一种情况，我偶然与他们的领导相识，认识他们饭庄的两位老骨干：一是前文说过的王元吉老人，另一位也姓王的特一级厨师，他特别擅长做海参，在餐饮界大大有名。可惜王元吉很快就去世了。他是从翠华楼干起，后来跟着师傅一道转到丰泽园，他在丰泽园这个岗位上一干就是几十年，他那份阅历实在是宝贵极了。

全聚德也没闲着，他们认真改制，从外边找了一位总经理，人非常干练，又非常随和。过去我接触老字号，习惯认识他们的职工，包括厨师以及服务员。可这次全聚德的管理人员增加了，其中有不少白领，许多人上下班都是开私车，这是一个非常大的变化。

我参加过他们公司成立之后的第一次年会，这是种新事物，我瞪大了双眼，慢慢看并细细想。总之，公司要发生大变化了。但我当时还在全力干京剧，我有自己的本职工作，我不可能陷入美食太深。全聚德越是发展，我就越是向它的"闲人"与"外人"发展。

记得有次上到和平门店的八楼——这是他们的办公区——迎门有位女办事员拦住了我："您找谁？"我说"某某某"。"您约了没有？"我一愣，心想你们这又不是中央大部，规矩还挺多的！于是拿出手机，打那位"某某某"的电话。当然，人家嘴里还是客气的，并且让门口放行。等到见面时，某某还抢先道歉。但话一转口，又说他们那儿是如何如何忙。

我一细听，知道是自己不对了，人家这儿是正经的公司，正在开创事业，不是接待闲人聊天的地方！我有了这样的认识，以后轻易也不上人家的公司总部来了。后来的全聚德，之所以有那么大的飞跃，许多"机密"都是在总部商量出来，然后由这里派出精兵强将，去往各地打造出来的，包括在香港股市上入市，其密谋阶段也应该在这儿。而在厨房中劳动的师傅们（从烤鸭子的到片鸭子的），究竟在事业中占有多大比重，就需要重新认识了。回忆当年他们的请客，多是请北京地面上的老专家老学者与老领导。如今呢，他们轻易不请客。一旦请客，往往就是五六十桌甚至上百桌，所请之人多属当今最时尚的人物。我知道，自己已严重落伍。我之经常进入全聚德"白吃"，是处于它重新聚合的"中期"。如今它成为首都饮食界的龙头，我的作用完成了，它也很少再找我了。这不是悲哀，恰恰说明全聚德的与时俱进。

到了距今五六年前，全聚德又是一变，它本身被首都旅游集团收购（对外说，还有个"联合经营"的好名称）。全聚德如今的一把手姜俊贤仅仅成为首旅旗下的一名委员。本来根据我的瞎想，觉得姜氏在那边得有个兼职，怎么也应该弄个"副董事长"当当，甚至在"副"字前头，还应该加上"第一"字样。我问了全聚德的朋友，人家告诉我："姜总只当'委员'不委屈，咱们全聚德有多少资产，跟人家一比，就真是小巫见大巫，差得太远了！"

经过一仔细解释，我才明白首旅集团是多大的企业！有多少家大饭店，有多少部大旅行车，有多少动产与不动产……我抱拳相谢："是我不懂了！"

但就在同时，全聚德又把仿膳、丰泽园与四川饭店等几家划归旗下。说得好听些，也叫"联合经营"。如我这样的"外人"眼中，这样做也"有得有失"。但我也不是没有遗憾：仿膳的洪总经理退休回家了，不久病故。他如还在任，恐怕未必能适应这样的调动。洪的接班人先是调到通州，在全聚德集团下属企业里担任业务领导，另一位接班人，先是到集团任一个现职，最近才提升为和平门店的书记。我比较熟悉的丰泽园店的书记，现在调任为全聚德前门店的书记。这个平调事实上是有提升的。而丰泽园经过菜品的改革，现在几乎变成"菜菜见海参"，价格较前大为提高。但它如今就站立在新前门这块寸土寸金的地方，菜肴再贵也是卖得出去的。

现在，一般北京人吃饭已不去全聚德。要承认：他们那儿东西是好，但价格太贵。便宜烤鸭在市面上有的是：108元一只的，98元一只的，以下还有78、68、58元的，最低还有过48元带饼、酱、葱的。不同价钱伺候不同客人，大家各得其乐，而全聚德，作为北京市餐饮界的排头兵，早已屹立在最重要的经济事务之中。姜董事长以及邢颖总经理，他俩很默契，也很稳定，最近又添了一位三把手，大约这就能延续干到2012年之后了。

我没打听第三把手的具体年龄，反正不会大。过去他们班子有一位朴学东，24岁时就被提升进全聚德的班子，当了全聚德的副总。他与我很早就认识，他年纪比我小许多，但又是同辈。他父亲是我上高一时的班主任。过去，他在班子里分管很不重要的方面，但他扎实肯干，我在紫竹院北京图书馆中曾经遇到他为了整理全聚德史料而跑到图书馆查阅资料的。我当时就想，老字号界中认真至此，将来不得重用，势无天理！果然，他踏实在公司中实干，等到新领导（首旅集团）进来，很快就发现了他的与众不同。他被调升进首旅，担任那边的总裁助理兼市场部经理。似乎是平调，但又完全可以撒手大干一场了。果然，我先得到的消息是他如何利用休息时间加紧学习英语，随后是首旅领导派他到西班牙和南美国家考察。再不久，接到他一份豪华的贺年卡，上附一张新名片：首旅集团副总裁。后来又调任宣武区第二副区长，这岗位和工作量就大了去啦。西城区与宣武区合并后，不知道他的新位置在哪儿呢？这分明不是我应该关心的问题，我也不打听了，只祝愿他好，祝愿新西城区更好！

小朴是幸运儿，却又是不依靠权势、单凭自己努力一步步干起来的。当然，命运之神光顾了他，但他在神灵降临之前，先一步做出了自己的努力。我与全聚德交往多年，从没有在工作上仰仗于他，至多是在饭桌上多一分不装样儿的敬酒。不讳言说，改革给某些善爬者以机遇，但也让小朴这样的人名至实归。我祝愿他继续努力，继续为全聚德（以及它背后的大背景）做出更大的贡献。

我下边说一说和平门店的四楼：原来很普通，就是再普通不过的餐厅。面积很大，但卖散座。后来要用它办活动，用心装修了一下，很像莫斯科餐厅的大堂了。话也可以反着说，是莫斯科餐厅的大堂像它了。我很熟悉这个大厅，每年春节前几天，这里总要举行全体员工的同乐会，所谓同乐，是大家一起欢乐。大家演节目，大家都得奖。最多扩大几个像我这样热心的闲人，甚至还让我们在电脑上操作，随机选出几个中奖号码！我们脸上有光彩，职工似乎也因此感谢我们！舞台下先是会议桌，开完会就改成为吃饭的圆桌。像风一样快，像风一样轻。我感到：公司在这种时刻，才更像过去的老字号。

也出现了新的用场，对外出租，办活动。有一次是中国京剧院三团的团长、著名奚派老生张建国，请我于某日某时来金色大厅吃饭。当时已临近春节，我想这里一定人多，心想三团才几号人，能请得起多少来客？等我从电梯到达四楼，正如我想，金色大厅几乎坐满，今天是三团请全院以及其他团的领导。他们坐满了前排的各桌。建国看见我来晚了，忙起身把我送进前排的一个空座中。

晚宴开始。主人是三团，是三团的团长张建国。他发言，表扬三团的同志们，院领导吃着，也听着，还有其他团的领导与名家，也边吃并边听。接下来，小舞台上演出开始，三团的青年演员陆续上台，演自己近年的拿手段子。我很有兴味地看着，因为今天的三团完全是新人了。但我发现其他团与院领导的神情不太自然：如果是借吃饭推新人，那应该由院部向外推啊，怎么三团就迈"过"了院里直接这么干呢？可今天三团是主人，他们请全院吃饭，也花不了几个钱，我们怎么早些就没有想到呢。或者，我们虽然有钱，却又找不到人家选的这地方——地方漂亮，主意更漂亮。我后来转弯遛到和平门店的书记屋里聊天，向他打听金色大厅的价格："听说你们现在是人均二百……""进我们这个大厅，一般人均三百。是建国事先来找过我们，说有这么回事，我们一想，大家都有需要帮忙的时候，于是也就二百，算了，小事一件……"我笑了，原来如此。

张建国是从河北调进北京来的，在三团已经好几年了，他能有今天，应该是个专题。他比许多北京土生土长、宅门里的名伶还有出息。

我想说一个更大的专题：全聚德是怎么成长起来的？如果还是解放前，如果还是在十七年当中，他们的事业肯定办不成今天的规模。可是如今他们不但自己前进了，也在接纳如同三团张建国们的进步，周边的餐饮业也借助全聚德的力量共同前进了。当然，全聚德也不是尽善尽美，原先老字号的东西它也丢失了一部分，或者说，是有意扬弃了一部分。随着社会的发展，北京有几个部分变化很大，比如 2008 年北京的北部（北四环北）发生了不小的变化，全聚德在那里开了一家分店（最初叫亚运村分店，现在叫奥运村分店）。那里，烤鸭及其配套率先做出了改变，饼中杂以粗粮，配菜也有变化，并因此得到广大食客的欢迎与肯定。北四环北，事实上是北京市的一个新区，许多事情许多人到了那边，也就下意识起了变化，全聚德到了那里，传统的味道也有变更，而在北四环北吃饭的人，也与传统前门区不太一样。可以说，今天的全聚德从某种意义讲，已经不完全是老字号了，它已经成为新城中的新老字号了。

第十四章　名菜、饭馆与菜系

本章结合个人以及家族的实例，讲一些在饭馆吃饭的体会。

我们家解放后住西四北，父亲是山东人，母亲是苏州人。爷爷与奶奶是老一代的山东人，到我们这代，家里吃饭就是老北京味道了，大体上是"随"山东，但特征上不显著，我们家不时也"吃饭馆"。解放前因为住灯市口，去全聚德时候多，解放初搬家西城，就经常去西四的"同和居"了。所以本篇由"同和居"起笔。

进入同和居的餐室，打开它的菜单，洋洋洒洒都是它的名菜，但仅有定价，对菜式没有更仔细的说明，更无从知晓它的厨师是谁。人的一生，最初接触的饮食是母亲的乳汁；成长之后，开始进食五谷杂粮，接触的都是家常的饭菜。再大，家常的饭菜满足不了胃口，便去寻找饭馆中的名菜。进入饭馆，各种普通的菜肴仍是多数，但是各家都有吸引人的名菜。顾客既然大老远跑来了，总愿意花比较少的钱，吃到比较货真价实的名菜。这说明，饭馆中的名菜比起一般菜肴来说，更能获得顾客的青睐。当然，顾客也都是实际的，不可能一次就把名菜吃完。

　　比如那时我一个人去同和居，我不会点它驰名京华的"三不沾"。虽然这才是同和居最有名的菜，但年幼的我，怎么可能懂得"三不沾"是怎么回事呢？我每次进入同和居时，都晓得身后会有无数双眼睛。它们会无言地对我说："小伙子呀，你又来了？又给全家采购来了？"的确，我是家中唯一的男孩子，我是替父母去那里采购名菜的，不怕它价格贵，但必须适合带回去供一家人下饭。我记得，等同和居的名菜上桌，我会忍不住偷偷先吃一点点，然后全部收进铝饭盒。另外，我每次都会单点一斤同和居最出名的烤馒头。每次当我满载而归的时候，心想去西四的虽然只我一个人，但在不远的家中，则有父亲、母亲和妹妹在等待……

　　二十多年以后，我从新疆返回北京，被文化部安排在中国京剧院当编剧。于是我赫然成为家里的顶梁柱，工资虽然不高，但也服务于文艺界了。对于"同和居到底好在哪儿"，以及它在北京市饮食界中的位置，我也能大致说出"一二三四"了。再进入它的餐室，我能很容易点出精华的菜肴，其中哪些是自己吃的，哪些是带回家孝敬老人的，我都能区分得很"开"，无论是对自己还是对外人，都是"一是一、二是二"了。又过了若干年，父母先后去世，我与妻子单过，并开始独立生活。最初自己很不习惯，我怎么变成了家庭中的"老大"？我怎么变成了一个"经常下饭馆的人"？

　　北京城到底有多少饭馆，其中哪些属于山东菜系的，我心里跟

"明镜似的"。我毕竟是老北京家庭出来的，毕竟我年轻时吃了许多的苦，这些我都不能忘记。我牢记着这些根本，但对那些吃吃喝喝的场合，我从不主动争取，但也从不主动回避。比较显著的特征，是我丢不开我那辆自行车。我骑车出入大饭馆时，脸色自然平和，来了和朋友打招呼，吃完了就走人。来来去去，行色匆匆。但我也有一个习惯：很少独自下饭馆，我不能忘记自己的小家。如果是和妻子一同请自己的朋友，我当然很高兴地参与。甚至，曾在自己两居室的家中，同妻子宴请过多达十数的朋友。我们自己采买，制作以及中西餐杯盘的设置等等，乐此不疲。与朋友经常是轮流宴请，这月我宴请了你，下月你再回请……用的都是自己的工资和点滴的稿费。

　　由于搬家，我离开了西四。当然也离开同和居了，我除去继续喜欢鲁菜之外，也渐渐喜欢上川菜了。第一，我是生于重庆，第二，我父母抗战期间在重庆，也是"度过了八年抗战"的四川人，第三，我经常欣赏来北京献艺的川剧。于是，在我的家宴中，渐渐增加了川菜的比重……但我依然是我，我仍坚持骑车，骑车自由，东南西北，不怕对方规格高，更不怕人家背后说我的车破，我坦荡，从容出入高级酒楼。这如同做菜中下什么作料，都高度集权在操作人手中。

　　我这样讲了，但实际上我没有搬家，没有离开地理意义的家。我喜欢的核心依然在京剧，饮食的核心依然在鲁菜。但我有一个特殊之处，我在文化上兼容并蓄的兴致特高，而且我把对饮食与对职业的欣赏，很早就结合到了一处。

当然，后来文化部对京剧院采取了大刀阔斧的改造——改动了编制，让我这个"研究部主任"无处安身，逼迫我必须重新寻找专业与岗位，寻找安身立命之所。我一度很焦急，生怕后半生潦倒破败，善始而没有善终！但我总算有些急智，重新找到了新的职业，在许多次需要打擦边球的时候，我运用急智处理，结果一次次地度过了难关。后来渐渐上了些年岁，但我并不倚老卖老，处处敬老爱贤，在专业上逐渐向戏曲文化迁移，尤其是 2008 年之后，我努力站位到京城文化的大方向上，说话与写文章都觉得理直气壮了。对于吃饭问题，依然鲁菜为主，兼顾别样。反正北京很大，各种风味都可以让自己兼容并蓄。

放眼看去，忽然发觉同和居久不见了，它搬家了，经过打听和遥望，得知它搬到三里河去了。三里河再怎么也是城外，尽管那里大单位很多，楼房也是一片挨着一片，也可能有老吃客追逐着坐公共汽车奔同和居而去，但我听了并不迷信。只要它离开西四，但是对不起，我就不追着赶着上三里河了。因为要过一座阜成门，过阜成门就是出城！城里与城外，在我眼里是有很大区别的。什么缘故？尽管北京新的服务性行业新成立得太多，我总不能对这些旧的老字号忘情太快吧？

我仔细检索了北京饮食业上的变化，它们究竟是怎么发生的？

最后的结论倒也简单，两个字：搬家。而且是从简单的位移发展到理念上的彻底改变！

比如说，西四的同和居不在了，它被搬迁到西城的三里河去了，直线距离不算远，但"人气"却低了不少。住在城里的居民，谁愿意出城跑到三里河去吃那么一口呢？我一度改去了平安里的柳泉居，但那儿比同和居掉了不少档次。柳泉居有一个重要特点，从前它的顾客习惯把银钱存放在柳泉居的饭馆内。这是早期老字号的特征之一。

再比如，在文革前后，我的母亲父亲先后去世。我是亲眼目睹了这两次过程，亲眼看见这两名优秀记者如何离开尘世，"搬家"去到八宝山骨灰墙上了。我本人接受无神论，对这事看得很淡，但他俩真的去了，两个鲜活的生命，一刹就没有了，真是不能接受！今后的日子还怎么过呢？幸亏，我妻子表现得极好，她在家庭中顶了上来。她是一名好编辑，也写了不少好文章。她写的纪念我母亲的文章广为传播，于是西四北那个破落的老家，在新街口的三不老胡同又缝合起来了，我渐渐又习惯了夫妻合作支撑家庭的新格局。

后来，我和全聚德渐渐发展新关系，我不再是一名吃客，我渐渐与他们两位老总（董事长、总经理）形成默契，我似乎应该成为新全聚德的新"幕僚"。它不仅是个普通的老字号，而是我童年的一个梦，它在东安市场一带的几个店，本来都很仔细地盘踞着。我虽然不迷恋它在技艺上的那几招，但对它在旧时代的覆灭及如今的崛起，还是很感慨的。

文化部把我从乡野调进京剧院，那我就好好写戏曲方面的书，多写几本有分量的书，也居然天随人愿，我的组书《梅兰芳三部曲》与《老北京三部曲》居然都堂而皇之地问世了。这两套组书都是我在"组织内"的状态下完成的。但很快，我失去了合理又合法的职务，于是我又处于"不在组织里"的状态中了。但我行我素的性格不改，我继续又出版了研究老字号的书。我一个外乡人，居然走进了西湖，并且走进了楼外楼的厅室与殿堂。由此，又开辟出通向四大古都的虚幻世界。我读了古代遗留下的一本本的书，复活了中国历史上那几大古都的梦境，居然提出了若干如何拯救古都的举措。我说服楼外楼率先联合其他古都中的老字号，形成联盟，他们居然听取我的建议，趁着节日休息，去南京逐个拜访其他的老字号。我没想到的是，自己"发神经"所生出的奇想（几大古都率先联合起来），居然由楼外楼一点点变成了现实。这些，都是没有单位领导具体参与的情况下，自己一刀一枪地与老字号磨合，最后赢得了胜利。

但最后还是证明我不行，固然我凭个人的力量与妙思，完成了若干很重要的事情。但，中国历史上大儒，又有几个是彻底完成了千秋大业的？我不能不承认"换了人间"。

时至今日，写书谈饮食者，多是一些城市之人。他们可能不缺乏对名菜的陶醉感与满足感，但如果他问自己的城市："你生活的城市如何？你能念及哪些名菜？每当你想起它们时，能让你的口舌生津么？饭馆已经满负荷了么？居民身边可有"推门就进"的饭馆？今天可有文化人开的饭馆？你能带动整个城市的饮食潮流么？今天，当吃烦了大米白面的北京人，偶然进入那专卖莜面的饮食店中，虽然他们由衷欢喜莜面，吃一顿是喜欢的，如果是一天三顿呢？如果一年三百六十五天顿顿如此呢？

　　所以说，尽管名菜还是个大问题，但毕竟还是容易解决的。比较而言，大众饭馆就成为较大的麻烦。人们希望住家附近就有自己喜欢的饭馆，目的就在于换换口味。所以，就近就有一家或几家合味的餐馆，则是城市居民最大的幸福。一当嘴里没味儿的时候，就进饭馆去换换口味。吃一时能让自己高兴，吃几十年则更可让整个家族都恋恋不忘。有了共同味蕾的家族是幸运的，这样的家族应该是稳固的。所以我们不应该轻视这样的问题。同和居由西四搬家到三里河，不情愿的顾客就多了去啦。你不能勉强他们，他们有他们的道理，那是他们与同和居形成的情感，包括原址。再往深处说，菜系是一种有凝聚力的文化，一方水土养一方居民靠得就是这种文化。中国有四大菜系或者更多，这些菜系维持着人们共同的味蕾和对家乡的情感。那地方气候如何，山川的形势与物产如何，几千年之后，才逐渐形成了这一地域的菜系，所在地域之人都喜爱它并遵守它，几百年几千年忘不掉它，你能拿它怎么办呢？

　　任何一个城市都有名菜、饭馆与菜系这三个标鉴。这些标鉴是一个地方人们的共同生活的创造，人们创造了它并遵守着它，久而久之也就变成了人们生活的一部分。

文革中我流浪经过成都，那里有那么多的小吃啊，差不多每隔一两条街道，就能看见及其相似的牌匾——每一块牌匾都是在白底上写了黑字的骄傲啊！从"陈麻婆豆腐"直到"赖汤圆"、"郭汤圆"……全市集中起来，也有一百多个吧？我国似乎还没有别的城市，有如此密集的美食呢！生活在成都的人，由于这些牌匾的存在，天生就容易成为最懂得小吃的人。我真希望类似成都的城市越多越好。有饭馆的地方，名菜自然会多，老百姓得到的实惠就多。在成都，名菜是容易引起群众关注的，真要想弄几只川菜，甚至进而研究川菜的源流，反倒有些难了。

最后再说菜系。我父亲是山东人，那些老辈的山东人——他们生性就"轴"和"拧"，我也一样，认定的道理就不会（也不能）更改，何况是饮食呢！菜系，联系着的问题更多也更大。别以为它不会发言，就可以任意作为。它相当稳定，理应得到人们的尊重，现在的情况是，指手画脚给它以批评的人太多，真正调查研究，给它以完善的人还太少。在这个问题上，似乎是古人比今人更聪明。当然，今人不宜继续"轴"着与"拧"着，我们服从真理。只要面对真理，我们就无条件服从。这样一说，这一节也就没有再多的话啦。

第十五章　持续攻坚楼上楼

到了本书收尾的时候了。应该说，给我影响最大的老字号是两家：北京的全聚德与杭州的楼外楼。但我把楼外楼依然放在蹲底的位置。为什么？就因为它始终是鲜活的，它与近年越来越正统的全聚德，差距也越来越大了。

记得有一次，在我结识全聚德的初期，有一次姜董事长请我吃饭——外客只我一个人，内客则是他身边最近的两三人。在小宴会厅说得高兴了，我们闪开一旁，服务员开始摆桌。试问：桌子早就摆好了的，还需要重新再摆一次？再说，外客只有一人的情况下，这桌子有必要重摆么？当然，桌子还是那么几张，最后围合起来，也依然是一个"回"字，菜肴要一个个从外围上，上到"回"字四围的边儿上。这一天不同，桌子被他们摆出一个特殊的"回"字，让我坐在单独的"大边"，我那么一坐，顿时成了无上尊贵的人了，而姜总他们几个，则挤在另一条短边上，不很舒服。京剧很讲究座位的摆法，但它都是摆在舞台上的，是一个面朝向观众的。饭馆则不同，它的"舞台"在饭厅，它是四面的，座位的摆法更多，老百姓要么根本不懂，要么就十分在意。我自重新进入全聚德之后，一直保持着新文化人的姿态。但这时我才明白，新的全聚德也有旧老字号的遗痕，只不过它平时含而不露罢了。吃过这次饭，我告诫自己说："小心了你徐城北！只要在北京，就要小心旧遗存的威胁，任何时候都不要张扬，更不要忘记自己……"而楼外楼，多年来奉行的则是另外的一套。他们安在东南一隅，走南闯北，更早地进入东南亚为中心的海外，虽不敢说尽善尽美，但早就卓卓有余了。我伴随着楼外楼走了二十年的发展道路，如今惦念的仍是楼外楼的内与外。外，是一个优秀的菜馆；内，是"山外青山楼外楼"，是一种永远坚持奋进的人文精神。

此章是本书的总结，但又属于个人体会。一共写三点。

第一点，融入风景很重要。本书第一章写到我十多年前站在楼外楼的门外独望西湖，独望西湖中的苏堤与白堤，不自觉想起中国这两位著名的诗人。以后的若干年中，我曾数度来到楼外楼，并且参观了它周围的各处景观：西泠印社，浙江博物馆，中山公园，俞楼、潘天寿的塑像，还有山背后的篆刻博物馆……我每次来都有新的发现，无论来或走，都会找时间在这里漫步。这些景观不是一个朝代形成，对于今人的影响也不一样。举例说，楼外楼西边的西泠印社，就很消磨了我的时间。一进门处，是一道曲折有致的印廊，我和女儿曾在此合照过一张照片，女儿当时读高中，她仰头看壁上的印谱，刻的是很有名也很俗套的"海是龙世界，云是鹤家乡"。女儿很专注地仰着头，如今她大概不会再对此如此专注了，她已经是中央美术学院的外事干部了。五六年前，我们在北京买了商品房，老同学薛永年（时任中央美院美术理论系主任）祝贺我们乔迁之喜，也写了这副对联祝贺，永年在字画上的学养很高，把各种字体中的这几个字融汇在一起，同时笔法也做了融化。说起书法，我自幼也是喜欢的，在楼外楼新版的《名菜一百例》，我意外看到了自己给它的题词"干炸响铃"。题词旁就是名菜的照片，我是什么时候写的，已经完全忘却。我发现字上的图章连同印泥，是西泠印社的产品，是当初楼外楼的张渭林书记掏腰包买来送我的。真想不到，印社连同印章如此小的两方"土地"，每回启用都带给我这许多的联想。

我举这样一个小例子，说明在杭州，在楼外楼周边的这块地方，能够有这么多风景组合在孤山的前后左右，真是老天爷的赐予，也是每个游人的大幸。而一百多年之前，楼外楼（它至今160年历史）偶然插足其间，真是选对了地方。看楼外楼的老照片，不同时代的照片分别散发出不同的意味，但无论怎样，它都融进了孤山的景色中。楼外楼主打西湖的鱼虾，以及杭州本地流传的菜肴。最初也未必有多精致，"土"与"简便"成为它至高无上的准则。再加上，"山外青山楼外楼"的诗句一出，这家菜馆孕涵着的文化涵义更大起来。越是优秀的企业越是能看到楼外那片更广阔的天地。

第二点，紧抓住歪打正着。

饮食学问一般不是正襟危坐得来的，要善于抓机会，紧抓住歪打正着的时机。某年，我在杭州楼外楼参加一个笔会活动，参与者多是我代他们约来的。他们大多是南方人，属于我的父母一辈或叔叔一辈。我对他们执弟子礼。活动在杭州楼外楼本店举行。一切如仪。到了第三天我却受邀去了绍兴，绍兴的咸亨酒店企业开幕，他们知道楼外楼这里正在举办活动，有许多知名文化人参加，就请楼外楼的老总传话给我们，说他们次日有一场午宴，宣布公司企业正式开幕，请大家无论如何也要去捧场。楼外楼老总委托我做笔会参加者的"工作"。其实这"工作"好做，大家连日吃杭帮菜，正想换换口味。一位非常懂得绍兴菜的前辈对我说："他们菜肴的特点是四个字：糟、臭、醉、霉。你去了慢慢体会。"我一听就非常兴奋。这四个字已属文化范畴。在京剧中到处是四字行当：生旦净丑、梅程荀尚、唱念做打、瘦皱漏透（对太湖石的要求）、象唱棒浪（昔日对梨园四大名旦艺术的概括）等等等等。这些"四字经"业已为一个行业的四字真经。

第二天去了绍兴，我们坐在几个主桌之上，菜单拿来摊开，是这样的：

茴香豆　咸煮花生　凉拌荠菜　咸亨温蟹
霉千张　糟卤鸭舌　桂花醉鸡　糟比目鱼
（以上为八冷盘）

孔雀迎宾

干菜烤蛇

干菜焖肉

蒜香莴笋

酱爆螺丝

菊叶黄鱼羹

酱肉蒸春笋

咸亨一品煲

清蒸霉豆夹

培红菜蒸白

雪菜汁烹河虾

玉树素蛏子煲

霉苋菜梗蒸豆腐

臭腌菜炒苋菜

这真让我大开眼界。八冷盘就有"糟"、"霉"、"醉"、"臭"各一，小打小闹，相映生辉。后来上的大菜，个个都有地方特色，至今还印象清晰：

干菜焖肉　所谓干菜，就是霉干菜，我们游览兰亭等风景名胜，到处都有出售。

酱肉蒸春笋　北京人吃酱肉，一定得是凉的，切片，冷盘用。

人家这里热蒸，另一个味儿。

霉苋菜梗蒸豆腐 苋菜梗很粗，北方根本不能入菜。可这里不但入了，且粗，还是霉烂到了极点。如果不喝特制的太雕（顶级黄酒），估计是根本没办法消化的。

臭腌菜炒苋菜 简直没法吃。臭气熏天，也必须用太雕酒"帮忙"。但这样的炒素菜居然位居大轴，让我这搞戏曲的人叹为观止。京剧中能有类似的处理吗？如果让丑角唱了大轴，那不是造反了吗？

后来经过进一步的探索，才发现绍兴菜肴与吴越文化也有关联。据说，越王勾践败后为奴，曾尝吴王夫差的粪便以求取得信任，事前范蠡建议勾践预先吃了一些臭的食物，把自己的口味搞混乱，等产生混乱后再去尝粪便，似乎就容易得多——这俨然是一出戏的材料。后来勾践果真去尝过粪便，越国的民众都很感动，纷纷主动去吃臭食霉食——这俨然又是一出更大的戏剧。最终，越国君民一心，彻底灭了吴国。国家的兴亡能够与饮食发生联系，这在中国饮食史上倒是很少见的。还有，绍兴菜肴大量使用干的材料，鱼用鱼干，虾用虾干，笋，要用笋干，豆子，也要去水，连菱角也是同样。对此，鲁迅先生曾有文章怀疑绍兴历史上发生过大饥馑，以至于把当时的居民都吓怕了，于是才把诸多食材都制作成干物。很可惜，鲁迅先生来不及深入研究就去世了。总之，绍兴菜肴与当地历史文化有着如此的渊源，是很让人惊讶。

记得那天宴会完毕，来客每人送了两瓶太雕酒与一本专业的饮食之书——《中国绍兴菜》（茅天亮编著），我回去翻阅了，发现是本很认真的书，之后就随手存放起来。直到不久前清理图书，本来是要处理这本书的，但我的手一接触到它的时候，忽然嘴中洋溢出那天吃饭的滋味。我赶忙制止了扔掉的念头，使得写这一章时，能够便捷拿到资料并展开文字。

一般而言，研究饮食的人都是从自己籍贯（或长期居住地）的饮食情况开始研究，慢慢摸熟之后，再顾及到其他地区与其他菜系。这样写出来的把握也能大一些。比如我，父亲是山东人，北京过去也主要卖鲁菜，所以我在北京各大饭馆接触到的基本都是鲁菜，甚至接触过的年纪大些的厨师也都是山东人。我如果延着这条路摸索下去，成为一名研究北京菜肴的饮食学者，应该是不难的。可我在"文革"中走南闯北，而且由梨园一不小心，游走到老字号一界之中。我既是北京市老字号协会的顾问，随后又成为上海市老字号协会的顾问。就我的经验，我觉得研究饮食不妨可以用比较研究的思惟方式，可以从不同处甚至相反处搜寻启迪——不是鲁菜系列的人，他应该（或可能）怎么吃？现在国内研究饮食的，多以鲁菜为正统正宗，在北京是这样。但等你一跨过长江，谁还相信这一套呢？那儿有完全不同于北京的上海传统，你的研究时就不妨跳跃出所谓正宗正统的束缚，或许才是取得成功的方法之一。

第三点，"把现实经验写成书"。餐饮业的人士大多没有书写习惯，这其实不对，意识到实践中"对头"的东西，就应该及时写作成书。他们对自己红案白案的工具是有感情的，但对纸笔墨砚，往往觉得那不是自己的玩意，不太勇于尝试，这是餐饮业人士的软肋。其实百姓非常关注吃喝上的学问，电视片《舌尖上的中国》倾倒了多少的电视观众呢？饮食文化的研究多从个人接触特定菜肴的感触出发，随着经历的增加，见识的面也慢慢扩大。每个作者都是这样的一个"面"，等"面"积累到了一定程度，饮食文化的内核才慢慢出现。餐饮业的人士有把自己的经验书写成书的责任，特别是老字号的餐饮的传承人，应该责无旁贷地向百姓宣传自己品牌的文化内涵。

当初在北平的时候，西长安街上有十二个名字中有"春"字的饭馆。由于地域集中，人们给它们起了个"长安十二春"的雅号。其中绝大部分卖的都是淮阳一派的饮食，当年很风光、很流行了几年。这是个文化现象，为什么不集中一些力量去研究它们呢？这是饮食文化的研究的一个空白，希望不久后能见到研究的成果。

以上三条，是我的个人感受，希望能给后人提供一些有限的经验。

后　记

十多年前，一次在西安参观汉代博物馆，才得知汉代发明了磨。我很惊讶，难道此前帝王一样得吃原粮？这不是很可怜很可叹的事情么？

报纸上讲北京有老年社区建立老年人午饭食堂，每人每餐四五元，只有午饭，晚饭等家里人在一起……老了，事情就容易有些惨。

自己搬家之初，妻子中午不回家，我就骑车去小区的小学食堂搭伙，那情况同样有些惨，但又有美好的一面：每天和几百小孩子一同进餐，我又回到了"人之初"。后来一直等到妻子退休，我的生活才有了变化。

老了才明白一个事实：年轻时再怎么吃也是白吃，你最后的状态才是最重要的。我中年参与过电视饮食节目的录制，作为嘉宾，也是很"荣耀"过的；后来在决赛场产生顿悟，自动退席，至今毫不后悔。

看来吃，也需要回到"人之初"去。"人之初"生产不发达，生活常艰辛，但越是这样，饮食留下的记忆才美好。这或许是一种个人感触。

美在家常菜，又和而不同，或可呼为人类的"后饮食"，这恐怕需要好好想一想。等人们醒悟过来，又兴许成为一种大趋势。

徐城北

2012 年 7 月 13 日